Presented by Kotonoha 琴乃葉
Illust. 朝日川日和
派遣侍女リディは
平穏な
職場で
働きたい
没落した元令嬢、
ワケあって侯爵様に
直接雇用されましたが、
溺愛は契約外です！

エイダ
マリアナ派遣所の同僚。主に貴族の令嬢の護衛として派遣される。男装の令嬢。
リディ
没落したワグナー男爵家の元令嬢。現在はマリアナ派遣所に所属し、派遣侍女として働いているが、宴席で踊り子を務めることも。
ハンナ
マリアナ派遣所の同僚。貴族の子女の家庭教師を務めることが多い魔性の美女。

ダグラス
レオンハルトの補佐官。貴族学校の同期でもあり、親友。
レオンハルト
ハザッド国の外交官を務める若き侯爵。
城内きっての美丈夫であり、「氷晶の貴公子」の異名を持つ。

レオンハルト様の長い指に顎を摑まれ、上を向かされる。

全力疾走したあとのように心臓がバクバクする。

ここは逃げるが勝ちなのではないだろうか。

「お前を雇う」

予想外の言葉に、私は目をぱちくりさせる。

派遣侍女リディは
平穏な職場で働きたい

没落した元令嬢、ワケあって侯爵様に
直接雇用されましたが、溺愛は契約外です！

著／琴乃葉

イラスト／朝日川日和

CONTENTS

プロローグ

ここは、とある伯爵家の一室で行われている宴《うたげ》。

酒気と喧騒《けんそう》の渦巻く中、みごとな金髪の踊り子が軽やかに舞う。彼女が動くたびに緩く波打つ髪が、まるで意志を持っているかのように宙を泳ぎ皆の視線を集める。長いまつ毛が、伏し目がちな鮮やかなロイヤルブルーの瞳に、物憂げに影を落とす。

踊りもさることながら、彼女が注目を浴びるのはその容姿にある。

ここハザッド国が何百年も前に建国された時の王族が、ブロンドにロイヤルブルーの瞳を持っていた。今は血も薄まりその両方を兼ね備えた王族、貴族は少ない。そのためか、その容貌を持つことが彼らのステータスとなっている。異国からブロンドの女を買い取ったとか、ロイヤルブルーの瞳を持つ孤児を養子に迎えたとか。噂《うわさ》には事欠かない。

細い手足と、丸みのある胸元を強調するかのように作られた柔らかな素材のドレスは、彼女が舞うたびに羽のようにふわりとひらめいた。

スリットから見える足が、よく絡まないなと思う速さでリズムを刻んでいく。次の瞬間高く跳躍し、足音を立てることなく着地する。蝶《ちょう》のような身の軽さに皆が思わずため息を漏らす。

この国の政治は乱れ始めている。

始まりは十年前、ラングナード辺境伯が王太子の暗殺未遂を犯したことから始まる。ラングナード辺境伯の家族は皆殺しにされ、辺境伯の庇護《ひご》を受けていた子爵、男爵家はとりつぶされた。この事実は当時国を震撼《しんかん》させ、国民を動揺させた。何故《なぜ》なら、ラングナード辺境伯は軍の指揮だけでなく、王家の右腕として長らく政治に関わっており、彼らが国にもたらした恩恵は大きかったからだ。

政治の乱れは貧困と治安の悪化を招く。それは一番初めに平民の間に起こり、次いで没落する男爵家の数が毎年増えていった。そんな国では、それぞれの領地で毎夜怪しげな宴が開かれる。隣国の噂話から密談、密会、金儲《かねもう》け、話題にはことかかない。

「最近珍しい染料が手に入りましてね」

「ほう、それはどのような染料ですか」

「どんな物でも鮮やかに染め上げることができるんですよ。質の悪い絹を一級品のドレスに仕立てることも可能になる」

宴の中で交わされる怪しげな話を右から左に聞き流し、お酌をしているのは「マリアナ派遣所」から来た女達だ。

さっきの会話にでぶっと太った腹を揺らしながら、宝石商が加わる。ドレスに宝石は付き物。儲け話にはどこからともなく人が集まってくる。

ヒソヒソ話が交わされる中、中央で踊っていた踊り子が酌に回り始めた。顔の下半分を布で隠しているのは、なんでも火傷《やけど》の痕《あと》があるからだとか。

しかし、この国で尊ばれる金色の髪とロイヤルブルーの瞳に吸い寄せられる者は多い。彼女を愛人にして、その髪と目の色を持つ子供を欲しいと望む貴族は後を絶たないが、それらの話はマリアナがバッサリと切り捨てている。

潰れた男爵家の令嬢や、教育の行き届いた商家の娘を集め、高位貴族の屋敷《やしき》に侍女や家庭教師として派遣をする「マリアナ派遣所」は町中でもちょっと噂になっている。質の高い侍女が揃《そろ》っているのが売りだけれど、夜会にも派遣しているのは意外と知られていない。

「それでな、あの国の王太子ってのが愛妻家でね」

「おう、俺と同じじゃないか」

「嘘《うそ》つけ。で、息子が一人しかいないから側室をとれって周りがうるさいらしいよ。自分の娘をこっそり王太子の寝室に手引きする高官もいるとか」

「いいね。待っているだけで向こうから来るなんて」

男はそう言いながら、酌をする女の細い腰を抱き寄せた。

部屋の隅でマリアナはあちこちに目を配る。五十代半ばには見えない容姿で、若い頃はすれ違う人が皆振り返るほどの美人だったらしい。過度に女にふれる貴族がいれば、さりげなく間に入る。

腰を抱き寄せられた女がすっと身を躱《かわ》したのを目の端でとらえ、上げかけた腰をおろした。紫煙を燻《くゆ》らそうと、懐に手を入れたところで、小柄な紳士が隣に座る。

「ちょっとお聞きしますが、そちらでは夜の蝶だけでなく、侍女の派遣も行っているとか」

マリアナは、話しかけてきた男にグラスを差し出し、酒を注ぐ。

「ええ、質のよさなら私の店が一番ですよ。なにせ没落した男爵家や教育熱心な商家の娘達ばかりですからね」

「ほうほう、それでは淑女教育を受けた娘もいるというわけですな。ちなみにどの男爵家か教えてもらえないだろうか？」

マリアナはゆっくりと首を振る。栗色《くりいろ》の髪が肩の辺りでふわりとゆれ、甘い匂いが広がった。

「どんなお屋敷にでも派遣いたしますが、条件が二つ。彼女達の素性を調べないこと。あくまで侍女の仕事だけをさせること。これを守って頂けるのなら、優秀な侍女を派遣いたしますよ」

マリアナ派遣所では酌の相手をさせることはあっても、閨《ねや》を取らせることはしない。

小柄な男は分かったと頷《うなず》くと、さっそく本題を切り出した。

「城勤めの侍女を探している。一人よい人物を紹介して欲しい。期間は半年。なに、仕事は簡単な給仕係だ。ただ、王族にも食事を運ぶから政治に縁遠く、マナーができている者を探している」

至極まっとうな依頼にマリアナの唇がゆっくりと弧を描く。それに反して頭では素早く金勘定をする。女達に給料を出し渋ることはしないが、金がありそうなところには遠慮なく吹っ掛ける強《したた》かさを彼女は持っていた。

二人が商談を進める中で、先ほどの踊り子が再び中央で舞い始めた。

紫煙くすぶる中、宴は今夜も続いて行く。

1．契約期間はあと一ヶ月

「それ終わったら、倉庫で葡萄酒《ぶどうしゅ》の整理を頼むよ！」

お城の一階、東の端にある調理場でパン生地を捏《こ》ねている私に向かって料理長の声がとんできた。

料理人にしては少し長めの茶色い髪が白いコック帽からチラッとはみ出ている。三十過ぎのいかつい顔だけれど、腕は確かだ。

ただ、そこまで逞《たくま》しい二の腕が料理人に必要かは謎なところ。優に私の太腿《ふともも》を超える太さだ。

料理長は私に指示を出すと、調理場の奥にある裏口から外へ出ていった。半開きの扉から緑の木々がチラリと見え、気持ちのよい春風が入ってくる。

「はい！　分かりました」

扉の向こうに見える背中に聞こえるように、大きく返事をした。愛想よく、元気に。

私の契約期間はあと一ヶ月。

契約更新がされるかどうか、今ギリギリの所だ。

お城だけあって、お給金はよい。派遣侍女歴五年の中でも、かなり高待遇の部類。できれば、あと半年、いや贅沢《ぜいたく》を言えば一年ぐらいはやりたい。

ボウルの中のパン生地はよい感じに纏《まと》まってきている。じっとしている分には心地よい気温だけれど、ずっとパン生地を捏ねている私の額には汗が浮かぶ。

開けられた扉から風と一緒に話し声も流れてきた。

「あの派遣さん、なかなか使えるよな」

そうでしょう、そうでしょう。

「サラが復帰してきた後も、続けてもらえるよう料理長から上に言ってくださいよ」

「……あぁ、そうだな。……そのうちな」

ありがたいお言葉は給仕長のベティ。

もっと言ってと、心の中で応援する。

だってお偉いさんの「そのうち」はあてにならない。

私はサラが子供を産んで仕事を休んでいる間、臨時に雇われている。

そのサラが来月にはもう復帰してくるらしい。もっとゆっくりしていればよいのにと思うけれど、最近王都での暮らしは厳しいので、そうもいかないのだろう。

もともとは、給仕係として派遣されてきたけれど、毎月のように仕事が追加され、五ヶ月たった今では、パンの仕込みと倉庫の整理も私の仕事になった。他にも諸々《もろもろ》……。

まぁ、それはどこに派遣されてもよくあること。

期間限定の派遣侍女は使い捨て感覚で消費されていくのが常。お給金から考えれば、まだまだ許容範囲だと思ってしまうのは、今までの派遣先がブラックすぎたからだろうか。

料理長とベティさんのおしゃべりはまだ続いている。

私は捏ね終わったパン生地が乾かないように、固く絞った布巾を被《かぶ》せた。

今は昼食前、作っているのは明日の朝食用のパン。

今から、半日以上かけてゆっくり発酵させる。

「あの派遣さん、何歳なんだ？」

「さあ、私は聞いていませんよ。十六、七歳ってとこじゃないかしら」

よく言われます。

実年齢より五歳ぐらいは、若く見られるのよね。

「長い前髪でよく見えないけれど、あの娘、碧眼《へきがん》だよな。貴族以外で初めて見たよ」

「噂では、どこぞの貴族と侍女の間にできた子らしいですよ」

その噂、どこから湧いて出たのでしょう。

不思議ですねー？

「返事も愛想もよいんだけれど、ちょっと見た目が暗いんだよな」

「そうですね。ちょっと地味ですよね」

波打つ癖毛を誤魔化すように、左右で三つ編みをして耳の下でくるくると纏めてお団子にしている。髪飾りひとつ着けていないし、化粧もしていない。幼く見えるのはきっとそのせい、だと思う。

地味で目立たなくしているのは、色恋沙汰に巻き込まれないため。その他諸々。厄介事の種はないほうがいい。

「ガキみたいな身体《からだ》だしな。あれはもう少し肉をつけたほうがよい」

「侍女服がブカブカですものね。服の中で身体が泳いでいて、あれなら子供服のほうが合うかもしれません」

背が低く細い私に服が合わないのは、侍女服に限ったことではない。

裄丈《ゆきたけ》や裾は十センチ以上お直しが必要。

でも、問題は胴回り。

数センチならともかく十センチを超えると、お直しというレベルではなくなる。一度糸を全て解《ほど》いてバラさないといけないから、もはや本格的な縫製の技術と知識が必要。そんな技術も知識もない私は、自分でできる範囲でお直しをするしかない。だから、ウエストはいつもブカブカだ。

ところで、さっきから派遣さんとか、あの娘って言われているけれど、二人とも私の名前覚えてくれているのかしら？

私の名前はリディ。

マリアナ派遣所からお城の給仕係として派遣されてきた極々普通の侍女。そんな私の信条《モットー》は、地味で目立たずほどほどに手を抜くことだ。


給仕をするのは王族の方々。

王族は、国王陛下、王妃陛下、それから王太子様と王女様がお一人ずつ。でも王太子様は、十年前の毒殺未遂事件から海外に留学されていていまだ戻ってきていない。

それ以外にも、各部署の高官の方の食事も用意する。高官の方には執務室以外にもう一部屋与えられており、そこで面会や食事をするのだけれど、補佐官や連れてきた侍女がいる場合がほとんどだから私は食事を運ぶだけだ。

ちなみに、下っ端はお城の端にある食堂や、寮の食堂を使ったり、お弁当持参だったり。

それにしても、高官方の執務室に行くたびに思う。

このおじさん達仕事しているのかな？　と。

皆様優雅にチェスをしたり紫煙を燻らせたり。

お部屋にいらっしゃらないことも多々。

高いお給金もらって何してるんだって話。もらっている分は働いて欲しい。

「さあ、料理ができたよ。持って行ってくれ」

いつの間にか調理場に戻ってきた料理長が声を張りあげる。さて今度は給仕の時間だ。葡萄酒の整理はそのあとにしよう。

料理長の声を聞いて給仕係の侍女達がぞろぞろ集まってきた。

「今日は誰が担当かしら」

「この前、執務室に入ったら、チラリとお顔を上げられたのよ」

「私だって横顔を拝見したことがあるわ」

侍女達が色めき立つ理由はひとつ。若くしてエルムドア侯爵家を継いだレオンハルト様の給仕を誰がするか、が彼女達の最大の関心事だ。担当はベティさんがランダムに決めるので、皆今日こそ私が、と鼻息を荒くしている。

「早くにお父様を亡くし、二十歳の若さでエルムドア侯爵家を継がれ広い領地を治めるだけでも大変なのに、それまでお父様がされていた外交の仕事も引き継がれるなんて優秀な方よね」

背の高い侍女がポッと頬を染めた。レオンハルト様は外交官。複数の外国語を操り、異国との交渉に当たっている、とか。

「今じゃあ、レオンハルト様がいなきゃ外交が成り立たないらしいわよ。それもだけれど、やっぱりレオンハルト様といえば彫刻のように整ったあのお顔！　何があっても表情を崩さない氷晶の貴公子。お顔を見られるだけで幸せだわ」

今度はそばかすのある侍女がうっとりと瞳を潤ませた。

端整な顔立ちは誰もが見惚《みと》れるほどで、加えて長身で引き締まった体躯《たいく》に長い脚。まったく、非の打ち所がない容姿をされている。

さらに、王太子様と一緒に隣国に留学されていたエリートだ。おまけにエルムドア侯爵家の財力は三大公爵を超えると言われるほどのお金持ち。

そのため、彼に言い寄る女性は身分の高い令嬢から、愛人でもよいという侍女まで星の数ほどいる。

でも二つ名に「氷」がつくほど冷淡で、笑った顔を見た人は誰一人いない。ま、彼女達に言わせれば、そこがまたよいらしい、のだけれど。

私には心底どうでもよい話だ。

「じゃ、リディ。あなたはこれをエルムドア侯爵様に持っていって」

「は、はい」

給仕係達の視線が一斉に私に向けられた。

えっ、そんなに睨《にら》まれても私の希望じゃないし。誰かに代わってもらってもよいのだけれど、それはこの中から一人を選ぶことでもある。実に面倒だし、下手をすればトラブルのもと。止《や》めておこう。

「ほら、早くしなさい!!」

ベティさんの言葉に、皆は落胆のため息をつきながら仕事に向かった。私は、少し準備があるので厨房《ちゅうぼう》を借り、遅れて給仕に向かうことにした。


長い長い廊下をカタカタと給仕用のワゴンを押し、レオンハルト様の執務室の前で止まるとノックをする。

「はい」という返事を聞き中に入ると、正面に書類がうずたかく積まれた立派な机が一つ。淡いブルーの瞳で書類を睨んでいるレオンハルト様は今日も安定の仏頂面。窓からさす陽《ひ》の光でライトブラウンの髪はキラキラと輝いているけれど、そのお顔には疲労の色が見て取れる。この国の高貴な方の髪の色は、ブロンドに近い色であることが多く、また目も青みを帯びている人が多い。高貴な方同士で婚姻されるので必然の結果ともいえるけれど。それが庶民との身分の違いを分かりやすく示しており、尊ばれてもいる。

「リディ、いつもありがとう」

優しくお声をかけてくださるのは、扉横の机に座っている補佐官のダグラス様。レオンハルト様とは貴族学校の同級生らしい。二人並ぶと印象は薄いけれど、こちらも充分整ったお顔をしている。仏頂面のレオンハルト様と違い、甘く優しい声でにこりと笑ってくださるけれど、銀色の髪が疲れた目元に影を落としていた。

二人とも目の下のクマがさらに濃くなっているから、昨日は寝ていないのかもしれない。大丈夫でしょうか。

この部屋からはいつもブラックの匂いがプンプン漂ってくる。

仕事って不思議なもので、できる人のところにどんどん流れていく。

働きアリっているでしょう？　あれには法則があって、全部のアリの数を百とした場合、二十が働き者のアリで、六十がほどほど働くアリで、残りの二十が怠け者らしい。

間違いなくこのお二人は働き者の二十。

ちなみに、私が目指すのは、ほどほどの六十。ただしお給金の額によれば働き者の二十になっても良しとする。

ここで渡して戻ってもよいのだけれど、馬車馬のように働く姿を見ているとついつい手を貸したくなってしまう。だから、二人には私が手を加えた特別な昼食を用意している。何が特別かというと……。

私は働き者がいる奥の机へとその特別な昼食を持って向かう。

「失礼します。お食事はどちらに置けば宜《よろ》しいでしょうか」

私の声に、レオンハルト様は手元の書類から視線を離すことなく、机の隅を指さす。

執務室とは別に隣の部屋にはテーブルと椅子もあるけれど、今日もそちらに移る余裕はないらしい。

私はチラリとその横顔を見ながら机の端にお皿を置いた。長いまつ毛が切れ長の瞳に影を作っている。薄い唇が少し荒れていらっしゃるのは激務のせいかな。そんな疲れた姿が却《かえ》って色気を増しているのだから美丈夫の潜在能力は計り知れない。

書類の山にぶつからないように気をつけながら立ち去り、次はダグラス様にお皿を持って行く。

「ダグラス様、こちらに置いて宜しいですか」

「うん、ありがとう。リディが給仕係だと助かるよ」

そう言ってダグラス様はサンドイッチを受け取ってくれた。

「わざわざ、リディが用意してくれているんだろ？　いつも悪いね」

私はとんでもないと、小さく首を振る。

そう、特別なのはこれ、片手サイズのサンドイッチ。

お二人はいつもお忙しくて、昼食に割く時間がないようで。毎回、手をつけられていないお皿を下げるたびに勿体無《もったいな》いな、って思っていた。

それなら、片手で摘《つま》みながら食べられる物だと残さないかも、と思って作ったのがこのサンドイッチだ。料理長が作った肉や野菜の料理を食べやすい大きさに切ってパンに挟んだだけなのだけれど、これが結構好評だった。

料理長に提案すると、他の大臣方の目もあるので特別扱いはできないと断られてしまったけれど、私が勝手に用意するなら構わないと言ってくれた。案外融通《ゆうずう》が利く。

そんなわけで、私が担当する時はサンドイッチを作るようになった。

万が一にも書類を汚さないように、水分の多い物は挟まないし、具材は食べやすいけれど食べ応えのある大きさにカットしている。挟むだけとはいえ、それなりに気は遣っているのだ。

レオンハルト様は召し上がっていらっしゃるだろうかとチラリと横目で見ると、いつもと同じように書類から目を離さずに黙々と食べていた。その横顔は絵になる美しさだけれど、味、分かっているのかな。

それにしても、

「このお部屋、少し空気が悪くありませんか？」

今日は暖かな春の日差しと、気持ちのよい風が吹いている。せめて、心地よい空間で食べて欲しいなと思って、ダグラス様とレオンハルト様の机の間を通り抜け窓に近づく。

両開きの窓に手をかけて押すようにして開けると、新鮮な空気が部屋の中に流れ込んできた。

美味《おい》しい食事を楽しむなら、環境も大事。

そう、思っていた私の横を突風が通り抜けた。窓枠がガタガタと揺れて、長い前髪が掻《か》き乱《みだ》される。

でも、風が巻き上げたのは私の前髪だけではない。机に積まれた書類が花びらのように宙に舞い上がった。

慌てて窓を閉めようと手を伸ばした私より早く、逞しい腕が伸びてくる。一回り大きな骨張った手が取っ手を摑《つか》みひっぱると、バタンと大きな音がして窓が閉められた。

後ろから伸ばされた両腕は私の両耳を掠《かす》め、目の前の窓の取っ手を握っている。小柄な私の身体は窓と腕の間にすっぽりと収まり、背中に誰かの体温を感じた。

「何しているんだ！！！」

真上から脳天に響く怒声に思わず首がすくむ。

恐る恐る見上げると、切れ長の目を吊《つ》り上《あ》げ口を歪《ゆが》めたレオンハルト様が私を見下ろしていた。

「も、申し訳ありません」

レオンハルト様が窓から手を離す。できた隙間から擦り抜け部屋を見渡すと、床一面に書類が散らばっていた。

やばい、これは大変まずい。

顔色がさっと青くなるのが自分でも分かった。

慌てて床に這《は》いつくばり書類を集める。

ダグラス様も席を立ち隣でかき集めてくれているし、レオンハルト様でさえ苦虫を嚙《か》み潰《つぶ》した顔で拾い始めた。

もう、何やってんだ？　私。

背中と腋《わき》に変な汗が滲《にじ》む。

焦って書類を持つ指先が震える。

お仕事の邪魔にならないように気をつけていたのに、こんなポカをやらかすなんて。

穴があったら入りたいけれど、入ることさえ許されない気がする。

しかも、書類は異国の言葉で書かれた物ばかり。

四、五ヶ国語はあるかな？

書かれている内容も、商談から軍事協力まで様々。

国ごとに、さらに内容ごとに書類を纏めて。

さっと目を通して、書類の順番も整えダグラス様に渡す。

「申し訳ありませんでした」

腰を九十度に曲げ深々と詫《わ》びをした。

「いいよ、リディだってわざとじゃないんだから」

優しいダグラス様の言葉とは反対に、レオンハルト様は書類を奪うように手にすると、眉間に皺《しわ》を寄せそれをパラパラ捲《めく》る。

うっ、だんだん眉間の皺が深くなるのは、気のせいだと思いたい。

「おい、この書類……」

「本当にすみません！　私を給仕担当から外して頂いても構いませんので、これで失礼いたします」

これ以上何か言われる前に、レオンハルト様の声が聞こえなかったふりをして、脱兎《だっと》のごとく部屋を飛び出した。

＊＊＊

はぁ、とため息をつきながら、マリアナ派遣所と書かれた看板の横の細い路地を進み、木でできた裏口の扉を開けた。

ギシギシと軋《きし》む階段を上っていき、三階の一番奥の自分の部屋へと向かう。ベッドと、小さな机と椅子、クローゼットだけのこぢんまりとした部屋。机の上には読みかけの本と洗いそびれたコップが置かれている。

東向きの部屋の窓からは、半月がやけに綺麗《きれい》に見えた。

荷物をどさりと床に置き、ベッドにポスンと倒れ込むと、私の重みに古びたベッドがギシっと音を立てる。

あれから、倉庫の整理をして、王族の晩餐《ばんさん》の給仕をして帰ってきたのは九時過ぎだ。

仕事はシフト制。今月は遅番で、昼食、夕食の給仕と夕食の皿洗いが私の仕事。ちなみに先月は早番で、朝食の給仕と朝食、昼食の皿洗いが担当だった。この場合夕方には寮に帰って来られる。

今月は朝が遅いから、夜はゆっくりできる。

労働時間はちょっと長めだけれど、今まで派遣された所ではもっと長いものもあったから、気になるほどではない。

ゴロリと寝返りを打つのと同時に、コンコン、と扉を叩《たた》く音がした。

開けると二人のお姉さま方。その手には、ビールと夜食を持っている。
いつもと変わらない日常《ルーティン》に思わず顔が綻ぶ。

「お帰り、リディ。今月遅番なんでしょう？　少し飲まない？」

なんて言いながら、私の返事も聞かずに部屋に入ってくるのはハンナ。赤い髪に緑色の瞳の華やかな容姿に加え、少し垂れた目が色っぽい妖艶な美人だ。

その後ろにいるのは、長身で姿勢のよい男装の令嬢エイダ。今日も紺のスラックスに白いブラウスといった男装姿で栗色の髪をポニーテールにしている。彼女は代々騎士を務めていた男爵家の出で、女性でありながら剣の腕も中々のもの。主に護衛として雇われることが多い。

二人とも二十代半ばだけれど、結婚には興味がないようで焦る素振りはまったくない。侍女歴も私より先輩で、私は二人から仕事と心構えを叩きこまれた。

椅子は一つしかないから、床の上にドカッと腰をおろしそれぞれの前に冷えたビールが入ったグラスを並べる。私はベッドを背もたれに、いつもの場所に腰をおろすと、ハンナから夜食が載ったトレイを受け取った。

「とりあえず、お疲れ様～!!」

そう言ってハンナはぐびぐびと音を立てビールを呷《あお》る。いわゆるザルというやつで、ハンナを酔わそうとして潰された殿方は数知れず。逆にハンナに美味しく頂かれちゃったという殿方も数知れず。

私より五、六歳、年上なだけなのに、なんだろう、この溢《あふ》れ出《で》る色香は。いや、別にそこを目指すつもりはないのだけれど、未《いま》だに十代半ばに間違えられる私に足りない物を思い知らされる。

ハンナの隣で、片手でビールの入ったグラスを持ち、クールに笑っているのがエイダ。こちらは意外な事に、グラス一杯で赤くなる。だから、今もちびちびと舐《な》めるように呑《の》んでいる。

私は、料理長の許可をもらって持って帰ってきたパンを鞄《かばん》から取り出しながら、ハンナに話しかけた。

「ねぇ、ハンナ。新しい派遣先の子爵様のお屋敷にはもう慣れた？」

ハンナは、すでに二杯目を注ぎながら、そうね、と呟《つぶや》く。どうやら今は会話をするより飲みたいらしい。

彼女は先月から某子爵家へ派遣され、十五歳のご子息の家庭教師をしている。

もと男爵令嬢の彼女は、この国の貴族学校を男爵家でありながら首席で卒業した伝説の才女。実家が没落する時には多数の縁談が持ち上がったらしいけれど、それを全て断っている。

なんでも、男に養われて、家に縛られて生きるのはもう沢山らしい。

そんな優秀な彼女は、侍女としてではなく家庭教師として派遣されることが多い。しかし、問題は彼女から溢れ出るその色香だ。

教え子が令息ならその子から、令嬢なら屋敷の主人や使用人から言い寄られてしまう。

そして、厄介なことに、それを楽しみ美味しく味わっちゃうのがハンナの悪い癖だった。但《ただ》し独身限定。子供と既婚者は論外というモラルは持っている。

二杯目を半分以上呑んでやっとハンナが私の問いに答えてくれた。

「私の仕事はいつも同じだから、慣れたと言えば慣れたかな。お屋敷の雰囲気も悪くないし、今回の坊ちゃまは覚えもよく、手がかからない純情な子供だから長く雇って欲しいのだけれど」

そう言って、赤い舌でぺろりと唇を舐める。そのしぐさがトラブルのもとだと彼女は気づいているのだろうか。

そんなハンナの横にいるエイダのビールはほとんど減っていない。むしろ、つまみのチーズと干し葡萄が減っている。

女性の護衛は珍しいけれど、高位貴族のご婦人からの需要は高い。どうしても力では男性に劣るけれど、女性だからこそ着替えや寝室まで護衛できるし、同性ならではの気安さもある。

そんなエイダが、もう桜色になったほっぺで私に聞いてきた。

「あと一ヶ月だっけ？」

「うん、まだ更新の話は出ないのよね。お給金がよいから、あと一年ぐらいは続けたいのだけれど」

ハンナが私の髪に触れながら呆《あき》れ顔《がお》で息を吐く。

「やりたい事のためにお金を貯《た》めるのはよいけれど、もう少し身なりに気を遣ったら？　整った顔しているんだから。髪も、手入れしましょうよ」

「いいの、これで。着飾っても誰も見ないんだし」

「着飾ったら誰かに見られるかもしれないじゃない。見そめられて妻か愛人にしてくれるかもよ？」

「どっちも興味ない。豊かな暮らしと庇護より、自由と自立がよいわ」

今までいろいろあったけれど、最終的に頼れるのは自分だと思う。貞淑な妻より、自立を好む所が私達の共通点で、だからこそ気が合う。

「ところで、お城ならではの面白い話、また教えてよ」

ハンナが好奇心たっぷりの目で私を見た。エイダも食べてはいるけれど、聞き耳を立てているのが分かる。

「守秘義務があるので、何も言えないわ」

私の言葉に二人は目を合わせ、部屋の隅に置いていたトレイを持ってきた。上には布がかけられているけれど、中からカチカチとガラス同士がぶつかる音がする。……これは、もしかして……。

「せっかくデザートに食べようと思って買ってきてあげたのに」

「そんなこと言うんだ。ねぇ、ハンナ、二人で食べちゃう？」

二人がガラス瓶を手に取り、私の前でゆらゆらさせる。

「プディング!!」

えっ、しかもそれ、いつも行列になっているお店の春限定品だぁ!!

「分かった！　話す!!　何でも話すから!!」

「守秘義務は？」

「私達の間にそんな水臭い言葉は不要でしょ？　ねぇ、早く頂戴」

ハンナが何故か再びそれらを部屋の隅に置く。

「リディは本当にプディングが好きね。でもまだだめ、話が終わってからよ」

ぶー、

思わず膨れた私の頬をエイダがつついて笑う。

だって好きなんだもん。昔から、何よりも。

なんなら三食これでもよい。

えーっと、面白い話、面白い話ね。

今日あった失敗は……面白くない。彼女達にとっては面白いだろうけれど、ずっとネタにされそうだからやめとこう。

それなら……。

そうだ。

私が、レオンハルト様の執務室から帰って来た後の話なんかはどうだろう。

＊＊＊

とぼとぼと厨房に戻った私は、料理長に頼まれていた葡萄酒の整理に向かった。手には葡萄酒の在庫リストと、この一週間で王族の方々が飲まれた葡萄酒のリストがある。

来客用の葡萄酒はお城の地下にある倉庫で厳重に保管されているけれど、普段飲まれる葡萄酒は数が多いため敷地《しきち》の北の端にある倉庫に保管されている。涼しく日が当たらない場所が保管に適しているから、と葡萄酒用に特別に作られた倉庫らしい。その倉庫の鍵を、なくさないように首から下げ石畳の上を歩いて行く。

途中で同じ調理場で働く先輩侍女のカレンが北側からやってきた。ダークブラウンの髪をサイドだけ纏め、あとはふわりとおろしている。

彼女は現役伯爵家の令嬢だ。

侍女には貴族の令嬢も多い。令嬢が働くなんて、と数年前なら眉を顰《ひそ》められただろうけれど、花嫁修業や婿探しを兼ねてのお城勤めは中々人気の職業だ。高官や文官にお茶を用意したり、時には来客の案内もする。高位貴族はもちろん、場合によっては王族とも顔を合わせる機会もあり、さらに庭を歩けば精悍《せいかん》な騎士とも会える、いわば出会いの宝庫。特に彼女の場合、レオンハルト様の給仕係を狙っているらしく、今日も私に対して赤い瞳を細め鋭い視線を飛ばしてきていた。

お城に雇われるには淑女教育を受けていて、試験に合格しなければいけない。だから、彼女達にとってお城で働いていたことは一種のステータスにもなる。そんな腰掛けで来ている御令嬢達なので、私と違って決まった服装はなく、いつも綺麗に着飾っている。仕事内容も異なり、御令嬢達が水仕事や汚れ仕事をすることはない。そういう仕事をするのは、メイドか派遣侍女だ。そう考えると、派遣侍女の仕事は幅が広い。

彼女は私を見て、一瞬肩をびくっとさせると慌てて目を逸《そ》らした。

どうしたのかな、私何かしたっけ？

と考えるけれど、思い当たることはない。

はて、と思いながら、目線を彼女の顔から少し下にやると布の包みを持っていて、その端からバゲットが見えていた。バゲットは次の日には硬くなってしまうから、余った物を持って帰ることが許されている。腕の太さほどあるバゲットは、家族数人のお腹《なか》を満たすだけのボリュームがあるので、メイド達に人気だ。

早足で通り過ぎるカレンの背を見ながら、厄介事は御免だと気を取り直し倉庫へ向かう。

この辺りは、生い茂った木と倉庫しかないのでいつも人がいないちょっと寂しい場所だ。

倉庫の鉄製の扉を首にかけた鍵で開け中に入ると、ひんやりとした空気が私の頬をすっと撫《な》でた。

室内は温度管理をしているので、素早く閉め傍《そば》にあったカンテラに灯をともし、片手で持つ。もう一方の手に葡萄酒のリストを持って奥から在庫の確認を始めることに。この作業はもう何回もしている。

……それにしても、

うーーん。

やっぱり合わない。

先週も、その前もそうだったけれど、リストの数と葡萄酒の数が合わない。今週は一本の葡萄酒が消えている。銘柄はどれも中程度。とはいっても王族用の葡萄酒として中程度というだけで、庶民からすると充分高級品の類に入る。一生、口にできない庶民のほうが多いかも。

そのレベルの葡萄酒が、だいたい毎月一～二本ずつなくなっていた。もちろん料理長にこのことは伝えている。

でも「分かった、犯人を見つけ纏めて報告するから黙っていろ」って言われただけ。

雇用期間六ヶ月の派遣侍女を言いくるめるには、便利な言葉よね。私が働いている間に報告がなくても、犯人がまだ見つからないから捜している最中だ、の一言ですむもの。そもそも、私の前に倉庫の管理をしていたのが料理長だから、知らないはずはない。

でも犯人は彼ではない。

だってそうでしょう？　料理長が犯人なら、そもそも私に倉庫の整理なんて頼まないもん。だからといって、犯人を庇《かば》っているっていうのもちょっと違うと思う。多分、いちいち気にしていたらきりがない、とか、責任を問われるのが面倒だから、といった理由の気がする。

多少なら、問い詰めないからうまくやってくれって感じ？　生活が苦しい料理人やメイドがいることを料理長は知っている。それに、盗んでいるのは一人とは限らないし、葡萄酒だけとも限らない。

「意外と腐っているのね。宮廷って」

赤らんだ顔で呟いたのはエイダ。

腰に付けた短剣を取り出し、宙にポイと投げては受け止めるを繰り返すのは酔った時の彼女の癖。鞘《さや》に入っているけれど、怖いからやめて欲しい。

私は呆れ顔の二人に問題を出す。

「ところで、どうやって葡萄酒を持ち出していると思う？　門を出る時には持ち物検査だってあるのよ？　服を脱いだりはしないけれど、手荷物は毎回見られるわ」

二人は顔を見合わせる。

うーーん、と唸《うな》りながらハンナはビールを追加で注いだ。持ってきたビールは彼女がほとんど呑んでいる。エイダも眉を顰めているけれど、こっちは考えているふりをしているだけ。今度は指先で器用に剣を回し始めた。

どうして分からないかな？

話の中にいっぱいヒントがあるのに。

なんなら、答えがあるっていってもおかしくないぐらいなのに。

エイダはおいとくとして、才女のハンナは答えを当てたいようだ。

「あっ、分かった。葡萄酒を服の下に隠した」

「服の下に入る？」

うっ、と呟きビールを一口。

「あっ、じゃあ、足に括《くく》り付《つ》けるっていうのはどう？」

そうだよねー、とまたビールを一口。

「歩き方、絶対変になる」

「塀の外に投げ飛ばすとかは？」

「落ちた瞬間に粉々ね」

うーん、分かんない、と残りをグビグビと飲み干したところで、私達の遣《や》り取《と》りを聞いていたエイダがボソリと呟いた。

「もしかして、バゲットが関係ある？」

私はニンマリと笑みを浮かべる。

そう、それが答え。

「えっ？　どういうこと？」

「バゲットと葡萄酒を一緒にするのよ」

怪訝《けげん》な表情を浮かべる二人。しかたない、詳しく説明してあげましょう。

「葡萄酒の瓶って、上の注ぎ口の部分は細いでしょう？　その細い部分を中身をくり抜いたバゲットに差し込むの。そしてバゲットの部分だけを見せるように瓶を布で巻く」

多少でも中身が見えていれば、わざわざ布を取って全部見せろなんて言われない。

だって、明らかに不自然でしょう？　倉庫は厨房から離れた北側にある。そちら側から歩いてきたカレンがバゲットを持っているなんて。

でも、私を見てびっくりするなんてまだまだね。ああいう時こそ、堂々としていないと。

そう言う私にエイダは悪戯《いたずら》な目を向けてきた。

「じゃ、リディはどうやって持って帰っているの？」

あらやだ、こっそりやっていたのにどうしてバレたのかしら。

長年の付き合い？

それとも、日頃の行いのせい？

「私は慎重派だもん。飲み掛けの葡萄酒がある時だけよ。水筒に入れて持って帰っているわ」

決して、わざと飲み掛けの葡萄酒を作ってはいませんよ。ふふふ。

「リディ、分かっているとは思うけれど、私達は派遣侍女。あなたが信用を失うってことは、マリアナ派遣所が信用を失うってことなんだからね？」

はいはい、分かっているわよ、ハンナ。

て、いうか、まさかハンナに言われるとは思っていなかった。私のしていることなんて、ハンナに比べればかわいいものなのに。

そう思いながら、鞄の中をごそごそ。

余った葡萄酒を入れた水筒はどこかしら。

……あれ？

…………あれあれ？

………………ない！！？

この日やらかした二つの失敗が、私の運命を変える。

……なんて、誰が予想できただろう。

＊＊＊

遅番の日は、十時に出勤すればよい。だけど、今日は一時間ほど早めに出勤した。

厨房の横には、通いの者が侍女服に着替える小部屋がある。いつもは一番にそこへ向かうけれど、今日はその前を素通り。

そのまま奥の厨房の扉に手をかける。

この扉、蝶番《ちょうつがい》が錆《さ》びていて開けるたびにギィギィと音が鳴る。普段は気にならないんだけれど、今日は慎重にゆっくりと開け、顔だけちょこんと覗《のぞ》き込《こ》んで中を見回す。

入って右手側に調理場、目の前にはでき上がった料理を並べる大きなテーブル。左手奥にはコップやワイングラスが並ぶ棚がある。

朝の給仕はまだ終わっていないようで、侍女の姿はない。料理人達も一段落したようで、調理場の隅で固まって雑談をしていた。

狙い通り、これはよいタイミング。

このチャンスを逃すまいと、私は少し開けた扉の隙間から身体を滑り込ませ、身を屈《かが》めながら左手奥の棚に向かう。

大きなテーブルには、昼食に使うであろうお皿がうずたかく積まれているので、私の身体は調理場からは見えない。足音を立てないように気をつけ棚までくると、下の引き戸に手をかけた。

昨日、こっそりと飲み残しのワインを水筒に注いでいたら、メイド達が余ったパンをもらいに来て。

焦って、慌てて引き戸に水筒をしまったままではよかったんだけれど、そのまま忘れて帰っちゃったんだよね。

水筒を手に取り振ってみると、中でチャポンチャポンと液体の音がした。

私はそれを持つと、来た時と同じように足音を立てないよう気をつけて、厨房を出る。そして、横にある更衣室にするりと入りガチャリと鍵をかけた。

まだ、誰も来る時間ではないけれど、念のため。

通いの侍女はそれほど多くないけれど、狭い部屋は壁に掛かった侍女服でいっぱい。だから、一度に着替えることができるのは二人までだ。

お城って聞いていたから、どれだけ立派なのだろうって期待していたけれど、下働きの者が使う部屋なんてどこも同じようなものなのね。

私はそれらを強引に押しやりスペースを作ると、部屋の隅にある埃《ほこり》と油の匂いが染みついた小さな椅子を引っ張りだし腰掛けた。とりあえず水筒が見つかってよかったぁ。

だって、私の失態で派遣所の信頼が落ちれば、皆が困ってしまうもの。そこまで考える私は偉いと思う。ハンナなんか、割と自由にやらかしているもん。

さてとりあえず、中身を確認。

蓋を開ければ酸味の効いたアルコールの匂いが鼻をくすぐる。

よかった。

誰かに飲まれた形跡もなし。

私は少しだけそれを口に含むと、きゅっと固く蓋をした。

よし、バレてない。バレてない。

私がお昼の給仕をしたのは、クリスティ王女様と婚約者のセドリック様。

隣国、カーデラン国の第四王子でいらっしゃるセドリック様は、今はこの国に留学中。

ハザッド国とカーデラン国は連盟国として同盟を結んでおり、王族や公爵、侯爵家の令息が留学生として毎年のように行き来している。

セドリック様は第一騎士団に入っており、日々訓練に勤《いそ》しんでいらっしゃるらしい。で、週に一度の休みには今日のようにクリスティ様と一緒に過ごされる。

クリスティ様は、末娘で甘やかされたからちょっと我儘《わがまま》な性格なんだけれど、意外なほどセドリック様とはうまくいっている。

というのも、クリスティ様の気まぐれや我儘はセドリック様にとって何よりのご褒美だからだ。いるのよね、振り回されることに喜びを感じる人間って。いや、本当、世の中うまくできている。これにあれは、ある意味最強の組み合わせ。お二人は強い絆《きずな》で結ばれることでしょう。

そして、仲のよいお二人はゆっくりと食事を楽しまれる。だから、給仕が終わったのはいつもより遅い時間だった。


厨房に戻った私に、料理長は遅かったなと言いながら昼食を渡してくれる。今日はパンとハムと茹《ゆ》で卵《たまご》だ。それらと小さなナイフを布で包み隣の小部屋に行って鞄に入れると、お城の裏庭に向かった。鞄の中にはもちろんあの水筒もある。

裏庭は緑に囲まれた静かな場所で、ベンチも幾つかあるけれど、今日は先客で埋まっていた。

いつもより遅い時間だからなぁ。

出遅れてしまったみたい。

キョロキョロと見回すも、ベンチだけでなく花壇の近くや木の下にも人がいる。

どこで食べよう。

よい場所には先客がいる。

そのうち、裏庭を通り過ぎ角を曲がればお城の西側という所まで来た。この辺りは背の高い木が植えられていて、木陰が多いから夏場は人気。でも、今の季節、陽気な春の日差しを遮るこの場所に人影はない。

ここにするかぁ。

もう歩き疲れたし、お腹はペコペコだ。

私は手頃な木の根元にハンカチを広げ座った。

パンを手で割いて中にハムを挟む。持ってきたナイフで茹で卵を輪切りにして同じように挟むと大きな口でパクリと食らいついた。淑女教育も受けてはいるけれど、侍女の今は気にする必要はないでしょう。誰も見ていないし。

モグモグと咀嚼《そしゃく》しながら、なにげなく視線を上げると目に入ってきたのはレオンハルト様の執務室。昨日の惨事があったからか、窓は固く閉められている。

思い出すと、少し胃がキリリと痛んだ。

パンをゴクンと飲み込んで、水筒に手を伸ばす。いつもはハーブティーを入れているけれど、今日は仕方がない。

　そう、仕方ないんだもん。

　自分自身に言い訳をしながら、一口、二口。

　ハンナほどではないけれど、これぐらいで酔うほど弱くもない。

　ちょっと優雅な気分で残りのパンを食べようと口を開けると、木々の向こうから大股で近づいてくる人影が見えた。

　誰だろ、と思うのと同時にレオンハルト様だと分かった。つまりはすごい速さで歩いて来る。

　いや……走って……来る？

　どうしたんだろう。

　キョロキョロ周りを見回しても、この辺りにいるのは私だけ。どう考えても、目的は私。

　嫌な予感と逃げ出したい気持ちでいっぱいなのに、あまりの迫力に身体が動かない。あっという間に私の前まで辿《たど》り着《つ》いたレオンハルト様は、素早くしゃがみ込み両手を伸ばすとバン！　と木の幹に手をついた。

　私の身体はレオンハルト様の両腕の間に挟まったような状態で、右にも左にも逃げられない。背中には木があり、目の前には彫刻のような顔がある。

　美人は怒ると怖いと言うけれど、美丈夫もかなりの威力。頭の片隅でそんな悠長なことを考えながら、実際はあまりの圧に固まって動けないでいた。

「おい、昨日のあれはどういうことだ？」

「……も、申し訳ありません」

なんとか謝罪の言葉を口にしたけれど、レオンハルト様はまったく納得されていないご様子。ていうか、改めてここまで怒りに来るって執念深すぎる。

「謝れと言っているのではない。どういうことかと聞いているのだ」

少し声を和らげるものの、手は木につけたまま。

どういうこと、とは？

窓を開けた理由なら、新鮮な空気を部屋に入れたかったからだけれど、多分求められている答えはそれじゃない。意味が分からず、首を傾《かし》げる私を見て、レオンハルト様が大きなため息を一つついた。

察しが悪い私に苛《いら》ついているみたいだけれど、言葉が足りなすぎる。

その点においては、私は悪くないと思う。

レオンハルト様は、いつまでたっても会話を理解しない私に眉を顰めると、

「お前が拾い集めた書類の事だ」

低い声で煩わしげに告げてきた。

あの書類ですか。

あれがどうしたのだろう。

「何枚か足りませんでしたか？　できるだけ揃えてお渡ししたのですが、間違っていたら申し訳ありません」

頭を下げる私に、そうではないと首を振る。ライトブラウンの髪が木漏れ日の下でキラキラと輝いた。

「それがどういうことだ、と聞いているんだ」

まだ意味が分からない私を相手に、レオンハルト様は距離を縮めてくる。息がかかりそうな近さに逃げ出したくなるけれど、背中にあたる大木がそれを許さない。

数センチ先にある淡いブルーの瞳は爽やかな色をしているのに、なぜだろう、射るような鋭さを感じる。

「どうして分かったんだ？　数ヶ国語で書かれていた書類の内容が」

……あっ、

やばい。

さあっと血の気が引いていく。

「あれだけの速さで、数ヶ国語で書かれた書類を内容ごとに分けるだけでなく、順番通りに並べていた。宮廷内の優秀な文官でもあそこまで素早く正確にはできない」

射るような視線の先にいる獲物は間違いなく私。

たまらず俯《うつむ》けば冷や汗がたらりと額から流れ落ちた。

数ヶ国もの異国の言語に長《た》けている娘は珍しい。目立つことはしたくないので内緒にしていたのだ。それなのに……。

レオンハルト様の長い指に顎を摑まれ、もう一度上を向かされる。

ごくりと生唾を飲む音がやけに響いて聞こえた。

「……以前派遣されたお屋敷で、お、お嬢様のお世話係をしていた時に、一緒に学ばせて頂きました」

「ほう、海の向こうの小国の言葉までもか？」

しまった。そんな国の言葉なんて普通の令嬢は学ばない。頭をフル回転させ、さらに言い訳を考える。

「……派遣所の所長であるマリアナは元は旅役者で、異国の言葉に精通しています！」

それは嘘ではない。でもマリアナに教わったわけではない。

私に異国の言葉を教えてくれたのは父や家庭教師だ。でも、生家の話はしたくないから、語学ができることは伏せていた。

レオンハルト様は多少は納得されたご様子だけれど、まだ私を解放してくれない。

全力疾走したあとのように心臓がバクバクする。ここは逃げるが勝ちなのではないだろうか。そう思い身体を捻《ひね》り鞄を引き寄せようと手を伸ばす。

でも、私より早くレオンハルト様の手が鞄に届いた。くそっ、リーチの差だ。

「お前を雇う」

予想外の言葉に、私は目をぱちくりさせる。

雇う、と聞こえましたが、聞き間違いですよね？

「今の仕事をしながらで構わない。一日三時間ほどだ。給仕長には俺から話をつけておくので、そっちの仕事が終わってから来ればよい。給金は弾む」

給金は弾む、その言葉に耳がピクリと動く。

「あの、それはおいくらぐらいですか？」

「そうだなぁ、……お前、今いくらもらっているんだ？」

ほうほう、その質問をされるということはもしかして相場をご存じない？侯爵様だからお金はあるだろうし。ちょっとぐらいふっかけても大丈夫なのではないだろうか。

「今のお給金は月に大銀貨二十枚です」

うそ、本当は十五枚。ちょっと声が上ずる。

「分かった。三時間で同金額出そう」

おおっ、さすが侯爵様。いやまて、これならもう少しいけそうだ。

「に、二十五枚は頂きたいです」

「ほう、二十五枚か」

疑わし気に私を見る目が何だか怖い。

「はい、専門職ですので。侍女の給仕と難易度が違いますから」

確かにそれはそうだな、と呟くレオンハルト様。

意外と素直だな。

でも、急に何かに気づいたような顔をして、鼻をひくつかせる。

「ほぉ、なるほどな」

そう言うと、いきなり私の鞄に手を入れ水筒を取り出し、次いで蓋を開け匂いを嗅ぐ。

まずい!!

中にはまだ飲みかけの……。

「アルコールの匂いがするからまさかとは思ったが、なかなか優雅な昼食を摂《と》っているのだな」

「…………」

「毎日持って来ているのか？」

「まさか!!」

「では盗んだ？」

「違います。……王族が呑まれたワインの呑み残しです。昨晩水筒に入れて持って帰るはずが忘れてしまって……その。捨てるのもったいないじゃないですか」

盗んだなんて疑われるぐらいなら正直に言ったほうがきっとまし。

そう思ったのに、レオンハルト様はジト目で私を睨んでくる。

「……やっぱり、罪になりますか？」

「いいや、俺はそれぐらいで罪には問わない。俺はな」

そう言うと、私の目の前で水筒をゆらゆらと揺らした。

こいつ……。

表情を崩さないことで有名なレオンハルト様の口角がゆっくりとあがる。

目の前にあるのは、恐らく誰もが見惚れる極上の笑顔。

だけど、気のせいかな。
私の目には悪魔の角と翼が見えた。
はっきりと。

2．ダブルワークの弊害

重たい身体をベッドから引き剝がすようにして起き上がる。

眠たい。寝足りない。

レオンハルト様から直接雇用され一週間が経《た》つ。

料理長や給仕長に何と言ったのか知らないけれど、朝と昼の給仕と皿洗い、雑用が残り一ヶ月の私の仕事となった。つまり、朝六時から夕方五時までは今まで通り働き、その後レオンハルト様の執務室に向かう。

三時間と聞いていたけれど、だいたい九時ぐらいまで働いている。

三時間を超える分は時給四割増で交渉済みだ。

私の住んでいる下町は治安があまりよくないので、遅い時間の独り歩きはちょっと避けたい。だいたい、十時を過ぎると酔っ払いに絡まれる確率がググッと上がってくる。そのことはダグラス様にも伝えていて、配慮もしてもらっている。

お金は欲しいけれど、貞操も守っておきたい。少なくとも、ドブに捨てるようなことはごめんだ。

執務室には、入って左手奥に小さな机が一つ増えてそこが私の席となった。行けば、いつも書類の束が積まれていて、それを翻訳するのが私の仕事。翻訳の内容は、貿易の協定書、国同士の取り決めといった外交の書類だけでなく、隣国で行われるパーティの招待状まで幅広い。これらを翻訳して、必要な場合は関係部署に届けるのが本来の流れ。

でも、他部署に届けても、ここまでしているなら続きも頼むよ、とか。

穴だらけで雑な書類を渡されて、上手《うま》く翻訳しておいてくれよ、とか。

本来以外の業務がやたらと増えてしまう。

押し付けられる。

だいたい、皆、貴族学校を出ているんだから最低限の語学はできるはずなのに。

私の仕事はあくまで翻訳だから、押し付けられた分はレオンハルト様とダグラス様が引き受けている。レオンハルト様が若いのをよいことに、年配の高官は遠慮がない。

大変だな、とは思うけれど、巻き込まれた私も大変なので同情なんかしてあげない。

ふわーとあくびをしながらお城の門をくぐり出勤した私は、いつものように厨房の隣の小部屋へ。

でも、扉を開け一歩踏み込んだところで、足を止めて深いため息をつく。いずれこうなるとは覚悟していたけど。

「はぁ……とうとう始まっちゃったかぁ。予想より早い……」

通いの侍女の制服は週に一回洗濯に出すことになっている。部屋の隅に置かれた布袋に入れておけば、洗濯係のメイドが取りに来て洗ってくれる。私は確かにその中に入れた。それなのに、床にグシャッと置かれた私の制服は、油と料理の匂いが染み付いたままで洗われた形跡はない。

暗い気持ちで持ち上げ、切られたり破られたりしていないかチェックをする。幸いまだそこまでされてはいないけれど、スカートには幾つものシワが入っていてみっともない。

私がレオンハルト様の仕事を手伝うという話は、翌日には皆に知れ渡った。

どうしてなの？

なんて言って取り入ったの？

と、その日は誰かに会うたびに聞かれたけれど、語学が得意だと言えばどこで学んだか説明しなきゃいけないし、葡萄酒の話は誰にも言えない。「さあ」とか「よく分からないんだけれど」とか言葉を濁しその場をやり過ごしていると、カレンがしつこく詰め寄ってきた。「今まで高位貴族の令嬢が声をかけても相手になさらなかったのに、どんな手を使ったの？」とかなんとか。

彼女がレオンハルト様に執着しているのは薄々気づいていたけれど、ここまでとは。最後のほうは面倒くさくて適当に聞き流してしまったのだけれど、思えばその対応がまずかった。

結果、次の日から私に対する周囲の態度があからさまに冷たくなった。おそらく、先導者はカレンだ。

レオンハルト様は氷晶の貴公子としてご令嬢達の熱い視線を常に集めていらっしゃる方。用もないのに執務室の前をうろつく侍女を見かけたのも一度や二度ではない。皆、仕事しよう。

ダグラス様は温厚で人当たりのよい性格とあってこちらも人気が高い。剣の腕はいまいちと聞くけれど、語学力はレオンハルト様に並ぶほど。

そんな彼らに平民の派遣侍女が近づいたのだから、やっかみを買うのは当然で。

女の嫉妬は面倒だし、集団心理は恐ろしい。

何年も派遣侍女をしているうちに、随分図太くなったけれど、決して気分のよいものではない。

涙は出ないけれど、ため息は出る。

愚痴は言わないけれど、心の中で悪態はつく。

どうしたものか、そう呟いてシワだらけの制服に腕を通した。

そんな私の姿をみてくすくす笑う侍女達を無視し、いつものように朝の給仕や、皿洗いを終える。

そこまでは特に問題はなかった。

でも、

「あぁ、ごめんなさい。手が滑ったわ」

カレンがちっとも申し訳なさそうに言う。手で隠しているけれど、少し肉厚な唇の両端が上がっているのがはっきりと見えた。

私の手元には、捏ね終わったばかりのパン生地が入ったボウル。それが水に浸っている。

あとは発酵させるだけというタイミングで、ボウルの中にコップの水を零《こぼ》されたのだ。

パン作りは小麦粉と牛乳の割合が要。多すぎても少なすぎてもだめで、ベチャベチャになったり、パサパサして纏まらなかったりする。

「あら、これじゃ、だめね。もう一度やり直して」

彼女の声に、背後から笑い声が聞こえる。二、三人ぐらいだろうか。

チラリと調理場の奥を覗くと、料理長が裏口から出て行く後ろ姿が見えた。

この、事勿《ことなか》れ主義《しゅぎ》が!!　とその背中に向かって心の中で叫ぶ。逞しい身体はなんの役にも立たないと早々に見切りをつけた。

「……分かりました」

私は新しいボウルを用意して、一から作り直すことに。

食べ物、粗末にするなよな！　って言いたい。

他にもいろいろ言いたい。

言いたいよ、もちろん。

でも、いろんな言葉を呑み込んで新しい生地を捏ねる。ついでに、怒りを込めて生地にパンチもかましといた。

でも、顔には出さない。出さずにパンチ。

動揺する姿なんて見せてやらない。見せずにパンチ。

そんな私の態度が火に油を注ぐことも知っているけれど、これは私の意地の問題。

ひたすら、淡々と仕事をこなしてやる。

そんなことがあって、お昼ご飯を食べる時間がなくなってしまった。隙を見て料理長からお昼はもらったけれど、雑用を次々と言われたせいで口にする時間が取れなかったのだ。

お腹すいたなぁ、と思いながら長い廊下を早足でレオンハルト様の執務室へ向かう。いつもより一時間も遅れてしまった。

手には鞄と、侍女服を入れた布袋。

明日が休みで良かった。洗濯の回収は週に一回。あと一週間も汚れて臭う侍女服を着るのは耐えられないから、寮に持って帰って手洗いをするつもりだ。

「失礼します」

ノックをして入ると、

「遅い!!」

レオンハルト様の叱責が飛んできた。

いや、誰のせいでこんな目に遭ったと思っているんだ？　私の平和な日常を返せっ!!

なんて、もちろん言いませんよ。念で送るだけ。

「申し訳ありません」

頬を引《ひ》き攣《つ》らせながらそれだけ言うと机に向かう。相変わらずそこには書類の束。

「給仕の仕事が忙しかったのかい？　パン生地が髪についているよ」

「ありがとうございます。それから、昨日渡された書類の翻訳は終えています」

「リディって凄《すご》いのか抜けているのか分からないね」

クスクスと笑うダグラス様。ずっとこの髪で仕事をしていたのかと思うと恥ずかしいけれど、穏やかな会話が干からびた心に染み入ります。

でも、手に持っているのは追加の書類ですよね。

「悪いけど、これも今日中にお願いするよ。明日、朝一で担当部署に持って行きたいから」

「はい、でも帰りが遅く……」

「今回は残業代とは別に僕からも特別手当を出すから」

「……分かりました」

残業確定。いや、特別手当に惹《ひ》かれたわけではないわよ。私より疲れた顔のダグラス様を前にして断るなんてできないもん。

「ダグラス様はいつ休まれるのですか？」

「明日、これらを持って行ったら休むつもりだよ。レオンハルト様にも休んでもらう。強制的にでも休日を作らないと延々と働き続けるからね」

チラリとレオンハルト様を見ながら小声で話す。

泳ぎ続けなきゃ死んじゃう魚かってぐらい、このお二人は働いているからなぁ。

月に二回ぐらい、強引にこの執務室を閉める日を作っているらしい。言い換えれば、お休みは月に二回。

うーん、見目麗しいお二人が未だに独身なのはきっとこのせいね。

書類を受け取り、空腹に耐えながら仕事を進めるけれど、いつもより集中力がもたない。とりあえず水筒のハーブティーで喉の渇きだけ潤すけれど、お腹は膨れない。

私がいつも帰る時間が来た頃、ダグラス様が「別の仕事があるから」と執務室を出られたので、図らずもレオンハルト様と二人っきりになった。黙々とお仕事をされる横顔は安定の美しさだ。

カレンが羨むのも分からなくはないのよね。私はまったく興味ないけれど、婿探しに来ている令嬢にとってこの環境は夢のようなもの。お城内でも屈指の美丈夫と二人きりになる機会なんてそうそうないはず。

　だからといって、彼女を許すつもりは微塵《みじん》もないけれど。

「どうした？」

　私の視線を感じてか、レオンハルト様がこちらを向く。

「いえ、何でもありません」

「そうか、俺は少し席を外すが仕事は何時頃に終わりそうだ」

「あと一時間ぐらいです」

　私の返事に分かった、と答えレオンハルト様は執務室を出て行った。

　残されたのは私一人。

　うん、誰もいないならいいよね。

　私は鞄の中からゴソゴソと昼食のパンと水筒を出す。

　もう、夕食だな。

　そんなことを思いながら、パンに齧《かぶ》りつく。硬くなっているし、中に挟まった鶏肉《とりにく》も冷たいけれど美味しい。空腹は最大のスパイスだ。

　ちょっとやる気が復活したことで翻訳のスピードが上がり、私は予定より早く仕事をやり終えた。

　頑張った、私。誰も褒めてくれないから自分で褒める。

　書類をレオンハルト様の机に置いて、やっと一日の仕事を終えたと伸びをひとつ。

さて、レオンハルト様はまだ戻って来られないけれど、やることやったし帰っちゃおう。

お城は小高い丘の上にあり、緩やかな坂道は整備され石畳が続いている。左右にはオイルランプの街灯が並び、間口の広い店や立派な家が軒を連ねる。いつもは賑《にぎ》やかな通りだけれど、この時間人は歩いていない。

半分駆け足で坂を下ると、王都の大通りに出る。

坂道ほどではないけれど、ここにも街灯はある。仄《ほの》かな灯《あか》りに照らされて並ぶ店は、さっきよりも小さいけれど綺麗で小洒落《こじゃれ》た外観をしていて、流行《はや》りの品や食べ物はいつもここが発信地だ。レストランやバーの灯りと、賑やかな声が時おり聞こえてきた。皆、適度に酔っ払い適度にハメを外している。

そこも早足で通り過ぎ、橋を渡ると急に景色が変わった。

足元の道は土に変わり所々に小石が転がる。昨日雨が降っていたので、あちこちにできた泥濘《ぬかるみ》を、月明かりだけを頼りに踏まないように気をつけて歩く。道沿いの店は薄汚れて小さく、古びた家の灯はすでに消えている。街灯がなく薄暗い中、飲み屋の灯りだけがちらほらと見え、道を照らしていた。その灯りを頼りにしたいところだけれど、灯りの下には喧騒とも怒声とも聞こえる声が響く。

足にぐっと力を入れ全力で駆け抜けようとしたその時、突然後ろから肩を掴まれた。

振りむけば酒臭い息が顔にかかり、次の瞬間には口を塞がれ裏路地に連れ込まれる。

ドンっと押され泥濘の上に尻餅をつくと、その上から男がのしかかってきた。醜く歪んだ男の頭上に細い月が見える。

私は思いっきり手足を動かして男の顔を引《ひ》っ掻《か》き、蹴っ飛ばす。

男が怯《ひる》んだところで下から這い出て、人の声がするほうに駆け出そうと……。

ガシッ、ドタッ。

足を掴まれバランスを崩した私は、顔から地面につっぷした。後ろから髪を掴まれ、無理矢理顔を上げさせられる。目の前にはさっきと違う髭面《ひげづら》の男がいて、手に持ったランプで私の顔を照らしてきた。ランプにガラスはなく、剝《む》き出《だ》しの炎がチリチリと私の前髪を焼く。鼻をつく異臭がする中で男は言った。

「大人しくしろ、そうすれば顔までは焼かない。おっと、お前いい色の目をしてんな。その目が歪むところを想像するとぞくぞくしてくる」

悍《おぞ》ましいセリフに背筋が凍りつく。瞳の色のことを言われ、恐怖で全身が強張《こわば》り手足が思うように動かず、奥歯がガタガタと震え出す。髪を掴む手に力が入り、私はひっくり返された。月を背に二人の男が私を見下ろす。一人が私の両手を押さえ、もう一人の手が喉もとに伸びたかと思うとビリビリと布が引き裂かれる音がした。

「いやぁぁ……ぐっうっっ」

服を引き裂かれた手で次は口を塞がれた。喉の奥がひくつき、両目から涙が零《こぼ》れ落《お》ちる。

どうして、どうして、

どうして、私はいつも。

今まで自分に降りかかった悲しい出来事が脳裏に浮かぶ。

男の手が私のスカートに伸びたのと——その男の姿が目の前から消えたのは、ほぼ同時だった。

ぐっ、
鈍い唸り声のするほうを見れば、さっきまで私の上にいた男が腹を押さえ地面の上で丸くなっている。口からは吐瀉物《としゃぶつ》が溢れ落ちていた。

「お前、だれだ!!」

手を押さえていた男が立ち上がる。その男の目線の先には、月明かりに浮かぶ背の高いシルエット。

その影はシュッと剣を抜くと、酔っ払いの前にそれを突き出す。

「殺されたいか？」

低く冷たい声が汚い裏路地に静かに響いた。こんな場所に相応《ふさわ》しくない高貴な声だ。剣を向けられた男は二歩三歩と後ずさると、蹲《うずくま》る男を見捨て駆け出した。

それを見て、残された男も腹を押さえながら、ふらつく足で後を追うように暗闇に消えていった。

黒いシルエットが剣を鞘に納めしゃがみこむ。

「大丈夫か!?」

上等な服が汚れるのも気にせず私の傍に膝をつくと、逞しい腕が背中に回り上半身を抱き起こしてくれる。ばさりと肩にかけられた物に目をやればレオンハルト様の上着だった。薄いシャツの上からでも分かる鍛えられた身体に支えられ、間近にある顔を私は見上げる。

いつもの無愛想な顔はそこになく、取り乱し憂慮と焦燥が混じった瞳で私を見下ろしていた。

恐怖で喉が塞がり言葉の出ない私は、その問いにコクコクと何度も頷くことしかできない。

「立てるか？」

差し出された手に掴まりながら立ちあがろうとするけれど、足が震え力が入らない。足だけじゃなく、手も、いや、身体全体が震えていることに私はその時やっと気がついた。

気づくと同時に再び恐怖が込み上げてきて、思わずぎゅっとレオンハルト様のシャツを握りしめる。

「そのまま掴まっていろ」

そう言うと、レオンハルト様はびっくりするぐらい軽々と私を抱きかかえた。

小柄とはいえ、それなりに重さはあるはずなのに、そんなことを感じさせない足取りで細い路地を出ると、飲み屋の灯りから少し逸れた場所に止めていた馬車へと向かう。

一瞬ぐらりと身体が傾いたのは、レオンハルト様が身を屈め、私が投げ出した荷物を拾ってくれたからのようだ。

向かい合うように座ると、馬車は走り始めた。

「すまなかった。遅くなるようなら寮まで送るようダグラスから頼まれていたのだが、俺が執務室に戻った時にはお前はもう帰ったあとで……」

ガシガシと頭を掻きむしりながら謝るレオンハルト様。そうか、だからあとどれぐらいで仕事が終わるか聞いてきたのね。

「慌てて後を追ったのだが……、道にその荷物が落ちているのを見つけて。俺が無茶な仕事の振り方をしたせいで」

そこまで話すと、レオンハルト様は口を噤《つぐ》んだ。何と言えばよいかと思案しているようで。言葉が文章にならないもどかしさに黙ってしまったようにも見える。

少しずつだけれど、恐怖で麻痺《まひ》した心に感情が戻ってくる。自分の身体に目をやると、服は破れ泥だらけだ。でも、言い換えれば服だけ。そのことにまず安堵《あんど》した。

顔から転んだせいで左頬が痛むと手をやれば、少し擦りむいているようだ。

「痛むか？」

不意に伸びてきた手に思わず身体がすくんでしまう。

そんな私の反応にレオンハルト様の指がピクリと止まり、所在無げに宙を彷徨《さまよ》ったあと自身の膝の上に戻って行った。普段感情が分からない顔が、明らかにしまったというように歪んでいる。

「……ありがとうございます」

やっと声が出た。少し震えてはいるけれど。

「服、汚してしまいました」

肩からかけられたレオンハルト様の上着には、べったりと泥が付いている。

「気にするな。それより、その姿で寮に帰すわけにはいかないので、とりあえず俺の屋敷に向かっている。屋敷には昔からの侍女や執事もいるので心配することはない」

最後の一言は、二人きりではないから心配するな、ということだろう。私は小さく頷いた。

「お前が余りに仕事ができるからついつい頼りすぎた。俺も余裕がなく、言葉が足りないとダグラスからも言われてはいて……いや、いい。今のは忘れてくれ。言い訳にもならん」

そういうとぎゅっと唇を噛む。

人間というのは不思議なもので、焦る人を目の前にすると逆に冷静になれたりもする。

なんだ、普通の青年じゃない。

不器用なその姿に、私の中のとっつきにくく近寄りがたいレオンハルト様の印象が、少し変わった。


しばらく走ったあと、馬車はゆっくりと止まった。

レオンハルト様の「歩けるか？」の問いに頷いて降りる。

まず私の目に立派な玄関扉が飛び込んできた。ダークブラウンの厳格な雰囲気のある扉は両開きで、高さは私の身長の倍ぐらいある。取っ手は金で扉にも細かな彫り物が施されていた。

数歩下がっても、全体像を捉えることができない立派な屋敷は、今まで派遣されたどこよりも大きい。後ろを振り返ると、月明かりにぼんやりと噴水が浮かび上がり、微《かす》かに水音が聞こえてくる。庭は広すぎて、仄かな明かりではどこが端かも分からないぐらいだ。

どんな凄い屋敷に住んでいるの？

侯爵と聞いてはいるけれど、この大きさは三大公爵家に匹敵するのではないだろうか。

ポカンとしていると、目の前の扉が開き年配の男女が出てきた。

「おかえりなさいませ。ご主人様」

執事と侍女のようだ。

恭しく礼をしたあとで私に目をやる。明らかに尋常ではない格好だけれども、そんなことは表情に出さない。……プロだな。

「リチャード、部屋をひとつ用意しろ。それからエマ、彼女を浴室に連れて行ってくれ。服は……」

「ナイトドレスがご入用でしたら、辞めた住み込みの侍女が忘れた物がございます。いつか取りに来るかもと洗濯をして片付けておりました。あとは、私の物がございますが」

レオンハルト様はふっくらとしたエマさんに目をやる。微妙な間とエマさんの笑顔。

「うん、忘れ物のほうにしよう。あと、食事を二人分、各部屋に運んでくれ」

レオンハルト様は執事と侍女に指示を出すと、私に「ゆっくり休め」とだけ言って先に屋敷に入って行った。

エマと呼ばれた侍女の案内で私は湯を借りることに。

背中を優しく押す手から、いたわりと戸惑いが感じられた。

「先週からレオンハルト様の元で翻訳の手伝いをしているリディです。危ない所をレオンハルト様に助けて頂きました」

「そう、大変だったのね。怪我《けが》は頬だけ？　包帯とか必要だったら言ってね」

「ありがとうございます。頬の擦り傷だけです」

本当は右手も少し痛むけれど。

私の言葉に、エマさんはホッとしたような笑みを溢した。

用意された浴室は広く、足を伸ばしてもまだ余裕がある。石鹸《せっけん》は高級品で、よい匂いがするししっかり泡も立つ。少しだけ生まれ育った家の浴室を思い出した。もちろん、こんなに広くはなかったけれど。

その後、用意されたナイトドレスの上にガウンを羽織り、案内されるままに準備された部屋に入ったのだけれど。

えっ!?

予想外の部屋に思わず言葉を失ってしまう。

「……あの、この部屋に泊まってもよいのですか」

「ええ、レオンハルト様から客間を用意するように言われたわ。明日は休日なのでゆっくり休むように、とのことよ」

広い部屋の奥には大きな天蓋付きのベッド。手前の机には温かな料理とワインも置かれている。

さすが侯爵家の客間……って、私こんな部屋に泊まれる身分ではないのだけれど。

「レオンハルト様に一緒に食事をされては、と申し上げたのだけれど、なんでもナイトドレス姿の女性とディナーを摂るのはマナーに反するとか。お若い割に堅い所があるのよね」

少し呆れたようなその物言いに思わずクスリと笑ってしまう。

まるで、幼子を宥《なだ》めるような口調。年齢から考えてレオンハルト様が子供の頃から仕えているのかも。不敬とも取れる口ぶりなのに、エマさんからは愛情しか感じられない。

「お気遣いありがとうございます。でも私はレオンハルト様と同じテーブルで食事をできる身分ではありません。この部屋も分不相応ですし、どうぞこれ以上のご厚意は不用でございます」

　私はそう言ってゆっくり頭を下げる。

「レオンハルト様からはマリアナ派遣所の侍女と聞いているけれど、侍女と言っては失礼なぐらい、しっかりとした淑女教育を受けているのね」

　エマさんは、私を見て感心するように何度か頷いたあと、朝食は一緒に摂るように勧めてくれた。もちろん断ったけれど、最後には強引に押し切られる形に。

　一人になった私は、豪華な夕食が置かれたテーブルに着く。スープとサラダ、それからメインのお肉がのったお皿とパンが並べられている。本来なら一品ずつ給仕して出す料理だけれど、そこまでされたら本当、居《い》た堪《たま》れない。

　久々だなぁ。

　私は背筋を伸ばしてスプーンを持つと、静かにスープを掬《すく》いあげた。昔教わった、いや、叩き込まれたテーブルマナーを思い出し、ゆっくりと口に運び飲み込む。次にナイフとフォークを手に取る。

　もっと小さく切りなさい。

　口を大きく開けすぎよ。

グラスは下を持って、音を鳴らさずテーブルに置く。

厳しくも優しい母の声を思い出す。父は楽しく食べればよい、と母がいない時私の耳元で囁《ささや》くおおらかな人だった。

食事を終え、食器をワゴンに載せて廊下に出すと、寝台に横になる。

横になったとたん、あの恐怖が蘇《よみがえ》って思わず布団を頭まで被った。

大丈夫、大丈夫。

もう大丈夫。

温かなお風呂にも浸《つ》かった。

泥は落ちた。

そもそも服が裂かれただけだ。

お腹もいっぱい。

身体を包むのは清潔なシーツと、沈むぐらい柔らかなベッド。

もう大丈夫。

そう、なんども呟きながら私は目を閉じた。

▲▽▲▽▲▽

ダニエル・ワグナーは男爵家の長男として産まれた。

男爵家といっても土地は持っておらず、祖父が立ち上げたワグナー商会を生業《なりわい》としていた。爵位こそ持っているが地位は限りなく低く、世間では商人と認識している者のほうが多いくらいだ。父親は祖父より少しだけ商才があったようで、不安定だった経営をどうにか軌道に乗せた。しかし、流行病で呆気《あっけ》ないほど簡単に早逝した。

父親の後を継いだダニエルには、父親を優に超える商才があった。おおらかで人懐っこい彼の周りには自然と人が集まり、いつの間にか人脈ができる。

責任感が強い男気のある性格で人望が厚く、それでいて、強かに算盤《そろばん》を弾く頭と本物を見抜く目を持っていた。

生まれ持って秀でた商才を持った男は、父親の後を継ぐとワグナー商会を数年で王都屈指の商会にまでのしあがらせた。ダニエルは語学にも長けており、自ら異国に赴き商談を纏めてくることも少なくない。

ハザッド国民が今まで見たことのない異国の品々は、益々《ますます》ワグナー商会を大きくし確固たる基盤を作り上げた。特に珍しい宝飾品は公爵、侯爵家といった高位の貴族の目に留まり人気を博し、時には国王陛下からお呼び出しがあったくらいだ。

彼には二人の娘がいた。

娘の母親は、半年船に乗り辿り着いた異国でダニエルが一目惚《ひとめぼ》れをして口説き落とした美女だ。豊かなブロンドの髪とロイヤルブルーの瞳をしていたけれど、その国では珍しいものではない。

姉のリリーウェンは引っ込み思案だけれど気立てが優しく穏やかな性格で、父親そっくりのブラウンの髪とオレンジ色の瞳を持っていた。

そして、八歳年下の次女のリディアンナは、母親そっくりのハチミツを溶かしたようなブロンドとロイヤルブルーの瞳をしていた。

しかし、ハザッド国でその二つは持《も》て囃《はや》される。高位貴族の中には、幼い娘を自分の息子の婚約者にと言ってくる者もいた。まるで、商談でもするかのように。

ダニエルも妻も、娘達を平等に愛し大切に育てた。だから、商談のような縁談は全て断った。

しかし、姉妹には大きな違いがあった。

姉には商才がなく、妹にはそれがあった。もしかすると、父親さえ越すかもしれない商才が。

次女は、物《もの》怖《お》じしない性格と、周りが何を求めているかを敏感に感じとる感受性と、確かな審美眼を持っていた。

父親は次女が五歳の時、跡取りは彼女にしようと決め教育を始めた。交渉、商談の類に同行させ、上質な物を見せ触れさせた。

それは朝から夜遅くまで続くことも珍しくなかったが、大人でも音を上げるような量の知識を、次女はまるで乾いた大地が水を吸い込むようにどんどん吸収していった。

語学についても同じで、父親は家庭教師を呼び、両手では足りないほどの異国の言葉を幼い次女に覚えさせた。もちろん、彼自身も教えたが、次女が話せる言語は父親以上だった。

順風満帆に見えた生活に逆風が吹きだしたのは、ラングナード辺境伯の失墜から。

今から十年ほど前、辺境伯は王族に謀反を企《たくら》み血縁者は全員処罰された。

ラングナード辺境伯は、ダニエルの父親が跡を継いだ頃から商会を贔屓《ひいき》にし、資金援助をしてくれていた。そのため、人脈の半分以上は辺境伯の紹介によるものだった。

大きな取引先を失った痛手に加え、辺境伯と関わりの深かったワグナー商会との取引をやめる店も増え、商会は没落の一途を辿ることとなる。

姉は当時十八歳。

父親が親しくしていた異国の伯爵家の次男と婚約をしていた。事情を知った伯爵家はすぐに結婚の準備を進めようと提案してくれた。姉は優しい義父母に大切にされ、夫との間に子供を二人さずかったが、その後母国に足を踏み入れることは一度としてない。

妹は当時十歳。

両親は異国での商売を考え、今や唯一の財産とも言える船で海を渡ることを決意した。その際、異国での生活基盤が整うまで娘を信頼できる人に預けることにした。

二人はいろいろ考えた末、祖母が親しくしていた男爵家のメリッサ夫人にリディアンナを数ヶ月預けることを決めた。この男爵家も土地なしの低い身分だが、かつては夫婦揃って貴族学校で教鞭《きょうべん》をとっていた知識層である。メリッサ夫人は淑女教育に携わっていたけれど、今は夫を亡くし一人で暮らしていた。

しかし、数ヶ月で戻る予定の両親は、二度とリディアンナの前に現れなかった。船が難破したと聞いたのは二人が出港してから半年後のことだ。

普通なら孤児院に入れられてもおかしくない状況だが、メリッサ夫人はリディアンナを手元に置き変わらず育てることにした。彼女の収入源は時折呼ばれて伺う家庭教師と、リディアンナの姉からの仕送りが少々。あとは細々と資産を食い潰していた。その中で、夫人はリディアンナに教育と淑女としてのマナーを教えた。

リディアンナはそれからメリッサ夫人と数年を一緒に過ごす。夫人は優しく親切だったけれど、リディアンナは両親と姉との暮らしを思い出し、隠れて何度も涙を流した。

商売人であったワグナー男爵家には頻繁に来客があった。リディアンナと同じ年頃の子供も多く、さほど広くない屋敷と庭を所狭しと駆け回った。時には、子供達だけでお泊まり会を開くことも。大広間にクッションを並べて皆で眠ったふりをする。そして、夜中に屋敷の中を探検しては侍女に見つかり怒られた。

一度、お泊まり会の時に嵐が来たことがある。

あの時は皆で肩を寄せ合い夜を過ごした。誰も出歩かなかったので侍女達は喜び、お泊まり会のたびに嵐が来ることを願うようになったぐらいだ。

だが、以前の暮らしを思い出し泣くことも、年月を過ぎるうちに減っていった。

リディアンナは十六歳になった。

貴族学校に通う年齢だけれど、メリッサにはそれだけのお金がないことも、これ以上甘えてはいけないことも理解していた。

そんな時、メリッサ夫人に再び田舎の学校の教壇に立たないかと話がきた。

メリッサが教師を天職としているのを知っていたから、リディアンナはもう一度教壇に立つことを勧めた。

メリッサは常駐の侍女を雇うお金がなく、マリアナ派遣所から週に三回侍女の派遣を頼んでいた。リディアンナは進学をせず、マリアナのところで侍女になることを決めた。もとより、メリッサから学校で習うべきことは全て教わっていたのだが。

ただ、侍女として働くのに困ったことが一つあった。

貴族を連想させるブロンドとロイヤルブルーの瞳だ。マリアナに相談すると、異国からの輸入品だという珍しい毛染めを渡された。黒く染める植物なら国内にもあるが、一度染めると落とすことはできない。でもそれは、アルコールで簡単に落とせるという品で、ハザッド国では流通していなくてマリアナが知り合いに頼んで手に入れている品らしい。もちろん、値段も張るがそのお金はマリアナが持つと言う。

その代わり、時折ブロンドとロイヤルブルーの瞳を見せ、夜の宴で踊って欲しいと頼まれた。正体がばれないように顔下半分は布で隠せばよいし、踊りはもと旅役者だった自分が教えるから心配ないと半ば強引に押し切られてしまう。

リディアンナには夢があった。

そしてそれを叶《かな》えるために、リディアンナはリディとして、マリアナ派遣所の寮に住み始めた。

＊＊＊

朝、目覚めた時、私は少し混乱していた。

懐かしい夢を見て、ちょっと目尻は濡《ぬ》れているし。

馴染《なじ》みのない、立派な天蓋付きのベッドの上にいるし。

スッーと、シーツに手を滑らせれば、滑らかな手触り。

うん、かなり上質の綿生地を使っている。

綿《わた》を撚《よ》って細い糸にするためには、綿そのものの質がよい必要がある。そして撚られた細い糸を縦糸、横糸にして織られた生地は肌触りが滑らかで、絹に似た光沢を持つ。

もちろん、絹のシーツを使う貴族もいるけれど、洗って清潔に保つなら綿がお薦め。絹はじゃぶじゃぶ洗えないしね。

お手入れが簡単かを考えるあたり、侍女が染み付いているなぁ、と思う。

きっとあんな夢を見たのは、分不相応のベッドで寝たせいだ。

ベッドから下りて借りていたナイトドレスを脱ぎ、私が着ていた服は汚れ破れていたので、エマさんが用意してくれた侍女服に着替える。

サイズはブカブカ。

仕方がないから、袖は三回ぐらい折り返してみた。

身支度を整えた頃、扉がノックされる。

エマさんかな？

はいと、答えて扉を開けると
「……レオンハルト様」

えっ、どうして？

もちろん、ここはレオンハルト様のお屋敷だから、いらっしゃるのは自由だけれど。いつもと違い、シャツの襟元を緩め着崩した姿のせいか、雰囲気が柔らかく感じられる。

「リチャードからお前と一緒に朝食をするように言われた。おまけに、今の季節ならこのベランダから見える庭の景色を眺めながら食べてはどうか、と押し切られた」

リチャードさん、レオンハルト様を押し切るなんて尊敬に値するわ。

ところで、

「どうして鋏《はさみ》を持っていらっしゃるんですか？」

レオンハルト様の右手には、刃の薄い鋏が握られていた。

「切る必要があると思ってな」

そう言って私の前髪を人差し指でさらりと撫でる。

そういえば、前髪を焼かれたのだった。いろいろ混乱していて、昨晩から鏡を見ていなかったから忘れていた。

部屋を見渡せばベランダの近くに鏡台があった。近寄り身体を少し屈めて見ると、縮れた前髪に頬に擦り傷のある侍女の姿が映っている。

頬の傷は思っていたより酷《ひど》くない。瘡蓋《かさぶた》が細い線のように三本できていて、少し青く腫れているけれど明日には腫れは引きそう。これなら、野良猫に引っかかれたと言って誤魔化せるでしょう。

でも、前髪は……。

酷いな。数センチは切らないとだめだなぁ。

多分、目の少し上ぐらい。

決して不自然な長さではないけれど……。

「切ってやる」

突然後ろから声をかけられ、ひゃっと小さな声が出る。

「驚くほどのことではないだろう？　よいから座れ」

レオンハルト様は椅子をひくと強引に私を座らせ、ポケットから出したハンカチを私の膝においた。

「あの、自分で切れます」

「もとはと言えば俺の配慮の足りなさが原因だ。よいからじっとしていろ。それに右手は痛むだろう」

レオンハルト様が私の右手の甲を指す。転んだ時か、押さえ込まれた時か分からないけれどぶつけたようで青いあざができていた。

「……もしかして、エマさんに何か言われました？」

「右手を痛そうにしていたと聞いている。あと口うるさく説教もされた」

「侍女が主人に説教を？」

「子供の頃から世話を焼かれていると、なかなか強く出られないものだ」

不貞腐《ふてくさ》れている顔が妙に子供じみていて、思わず笑いが込み上げてきた。だって、執務室ではあんなに仏頂面でいるくせに、家では従者に頭が上がらないなんて。

「笑うな」

「はいっ　ふっふふ……」

顰《しか》めっ面《つら》で書類を見る姿しか知らなかったから新鮮だ。普段もこんな風にしていたらよいのに。あっ、でもそれでは執務室の前をうろつく侍女が増えて邪魔だな。皆、働け。

私が笑うのを見て、レオンハルト様はホッとしたように口元を緩めた。その様子から、口には出さないけれど心配してくれていたのが窺《うかが》える。昨晩、すぐに自室に戻ったのも、男の自分よりエマさんがついていたほうがよいと考えてのことかもしれない。

決して、ショックが消えたわけではないけれど、恐怖で麻痺していた気持ちは、一晩ゆっくり寝て随分和らいだ。

だてに人生いろいろ経験していない。立ち直るのは早いほうだ。

「じっとしてろ」

居心地が悪く、もじもじする私に向かってもう一度そう言う。そして妙に真剣な顔をして、ザギザギと私の前髪を切り始めた。そのぎこちない手つき、不安しかない。

切りすぎないでくださいね、と呟いたら、切った前髪が口に入った。黙っていろと言われたけれど……ほんっとうに、大丈夫ですよね!?

「終わったぞ」

満足気な声に、逆に不安を感じながらゆっくり目を開けると、予想以上に近い距離に美しい顔があり、思わずのけ反ってしまった。でも、レオンハルト様の様子もなんだか変。

どうしたんだろう。

目を丸くして私を覗き込んでくる。

えーと、瞬《まばた》き、したほうがよいですよ?

あまりに見られすぎて怖いんですけれど。

「どうされたのですか?」

小首を傾げ見上げると、波打つ黒髪がさらりと肩の上で揺れた。

でも、何も答えてはくださらない。

淡いブルーの瞳が熱を帯びていて、頬が心なしか赤く見える、……気がする。

ちょっと待って、やっぱり切るの失敗したとか?

焦りながら鏡を見れば、少し斜めになった前髪と目立つロイヤルブルーの瞳の見慣れない自分の姿があった。

年を重ねるごとに、お父様が一目惚れしたというお母様に似てきたと思う。

うーん、これはまずいなぁ。

瞳がはっきりと見える。

髪が黒いからまだ大丈夫かな。

目立ちたくないのになぁ。

どうしようか、と眉を下げため息をつく私の顎に長い指が触れ、再びレオンハルト様のほうに強引に向かされる。首がちょっとピキってなった。

「その目……」

「母が異国の産まれなのです」

そうか、と言うもレオンハルト様の視線はずっと私の顔に。

彫刻のような顔に凝視されるのは落ち着かないので、「レオンハルト様？」と問いかければ、はっとして慌てて私の顎から手を離した。

「レオンハルト様、先ほどからぼうっとされていますがどうかされたのですか？」

「何でもない。それより、もしかしてその目を隠すために前髪を伸ばしていたのか？」

「はい、自分で言うのもなんですが、ここまで深く鮮やかな青は珍しいですからね。いろいろ邪推を呼ぶんですよ。どこかの公爵の落《お》とし胤《だね》だ、とか」

私の言葉にレオンハルト様が頷く。

「だとするとこれから困るかもしれないな。悪いことをした」

「いいえ、確かに興味本位な視線は増えるでしょうが仕方ないです。燃えてチリチリのままでいられませんし。ありがとうございます」

切ってもらったお礼を伝えても、レオンハルト様はまだ戸惑うように私を見てくる。

本当、どうしたんだ、と思っていると。

トントン、と扉を叩く音がしてエマさんが食事の載ったワゴンを押して入って来た。

私は席を立ち、慌てて駆け寄る。

「お気遣いありがとうございます、エマさん。お手を煩わせて申し訳ございません。あとは私が準備を致します」

そのまま、ワゴンに手を伸ばすものの、エマさんが持ち手を離してくれない。どうしたのかと思って見ると、私の顔を見て目を丸くしたまま固まっていた。

ポカンとしているエマさんに向かって再度名前を呼ぶと、今度は我に返ったように急いでワゴンから手を離す。

「……随分雰囲気が変わるのね」

「よく言われます」

暫《しばら》くこの遣り取りが続くのだろうな。ちょっと気が重い。

ベランダに出ると、白いテーブルと椅子が置かれていた。どちらも猫脚で細かな彫り細工がされている可愛《かわい》らしい物だ。

数種類のパンが入った編み上げの籠をテーブルの上に置き、グラスにミルクを注ぐ。ジャムやバターの入った小さな器はパンの隣に並べた。蒸した野菜が添えられたオムレツをレオンハルト様の

前に置き、ワゴンに載せられていた鍋から熱々のスープを掬い器に入れて、オムレツの隣に……よし、完璧。それなのに、

「……おい、どうして一人前だけなんだ。リディも一緒に食べるんだろう？」

初めて名前を呼ばれ私は目をパチリとする。だって、絶対私の名前なんて覚えていないと思っていたもの。

「ですが、やはり私が一緒に食べるのは……」

「いいから、お前の分も用意しろ。それとも、俺に給仕をさせる気か？」

そう言ってレオンハルト様は立ち上がろうとする。

「わ、分かりました！　用意しますので座っていてください」

慌てて準備を始める私を見て頷くと、レオンハルト様はゆったりと足を組み替えた。

さっき立ち上がったのは、絶対ふり、ですよね。分かっていますよ。本当にする気なんてないのは。

あまりに絵になる優雅な姿を横目に、心の中でぼやきながら手早く自分の皿を並べる。

リチャードさん達が勧めるだけあって、ベランダから見える景色は素晴らしい。門から続く長い石畳。その左右には常緑樹が等間隔で並び、屋敷の前には噴水と花壇。それから、屋敷の左右に伸びる道の向こうには、厩舎《きゅうしゃ》や林とも呼べるほどの木が生い茂っている。その木々の中に水場があるようで、朝陽《あさひ》を反射してキラキラ光って見えた。池かな？　かなり大きそう。

レオンハルト様をチラリと見る。

目が合う。

つまりは私を見ていたということだ。

でも、すぐに視線は逸らされた。

えっ、なんで逸らすの？

この瞳を興味深げに見られるのは珍しくない。でも、レオンハルト様の様子は少し違っていて、何かを言いかけては口を閉ざすを繰り返しているように見えた。


で、結果的に閉ざしてしまった。黙って向かい合って食べるのはなんだか気まずいので、取りあえず明るい話題を振ってみることに。

「これだけ広いお庭でしたら、子供の頃は沢山遊ばれたのではないですか？　左手奥にあるのは池ですよね」

「あぁ、あれか。さほど大きくはないが、湧水が出ている。だが、遊んだ記憶は殆《ほとん》どないな」

こんなに広い庭なのに？

何人で走り回っても怒られなさそうなのに。かくれんぼうとか無限にできそう。むしろ、永遠に見つからないかも。

私が怪訝な顔をすると、レオンハルト様が苦笑いを浮かべながら子供時代の話をしてくれた。

「俺は養子なんだよ。俺だけじゃなく二つ違いの弟もな。前当主夫妻には子供ができなかった。結婚後五年経った時、義母は義父に愛人を持つことを勧めたんだ」

そういう話は珍しくない。もともと貴族の結婚は政略結婚が多く、目的は家の繋《つな》がりを深めることと、跡取りを作ること。だから、子ができなければ親戚筋から養子をもらうか、または愛人に産ませたりする。

「結局愛人を持つことはなく、その代わり親戚筋を辿り十歳前後の男児を数人集めた。そして、その中から数ヶ月かけて次期当主に相応しい子供を選んだ。俺は幸か不幸か選ばれ、気楽な男爵家の次男から侯爵家の跡取りになった。その経緯から想像がつくと思うが、選ばれた次の日から当主になるべく、いろいろ教え込まれてな。だから、この庭で遊ぶ暇などなかった」

「意外とご苦労されているのですね」

つい、ぽろっと出た私の本音に、レオンハルト様は、そうだ、とため息交じりに呟いた。

十歳の子を跡取りとして迎え、次期当主として育てることだけに専念したのなら、そこに親子の情はどれほどあったのだろうか。もしかすると、レオンハルト様が感情を表に出されない理由がそのあたりにあるのかもしれない。

「リチャードとエマは俺と一緒に男爵家からきた使用人で、幼い頃から世話になっている」

「もしかして、レオンハルト様にとってお二人は、ご家族に近い存在なのではないですか？」

だからいつまでも頭が上がらない、という言葉は呑み込む。レオンハルト様は肯定とも否定とも取れる笑みを浮かべると、今度は私に話を振ってきた。

「マリアナ派遣所には、元男爵家の令嬢もいると聞いていたがリディもだろ？　立ち居振る舞いを見ていれば分かる。貴族学校は出たのか？」

「いえ、学校には行っておりません。両親が亡くなったあとは元教師の男爵夫人が育ててくれました。淑女としてのマナーと勉学は彼女から教わりました」

普段はここまで話さないけれど、レオンハルト様の話を聞いた後ではぐらかすのもどうかと思い、正直に話すことにした。

もとはどちらも男爵家の生まれ。それが今や雇用主と侍女かと思うと、ちょっと複雑な気がした。あ、でも、当主とか責任重すぎるし、やっぱり侍女でよいかな。

そんなことを考えつつ、雑談を挟みながら、食事は意外と和やかに進んだ。

「失礼します」

どこかで食べ終わるのを見ていたのでは、と思うぐらい絶妙なタイミングでエマさんが入ってきた。手には食後のデザートのプディングとお茶がある。

私は、空になったお皿を手早く片付けテーブルを整えると、ティーポットを受け取りカップに注ぐ。この香りはミントティーだ。

私が用意をしている横でエマさんがレオンハルト様に小さな紙を手渡すのが見えた。

「レオンハルト様、こちらの店に使いを出しています。地図も書きましたので」

「うむ、分かった」

なんだろう。でもきっと私には関係ないことでしょう。そんなことより今私の意識の大半を占めているのは、ぷるぷると魅惑的に揺れるプディングだ。

美味しそう。

私の好物。

小さい時に父の知り合いが持ってきてくれたのがとても美味しくて、大好きになった。

ミントティーとプディングをテーブルに載せ、ちょっと迷いつつもう一度席に着く。

でも、レオンハルト様はエマさんとまだお話し中。

先に食べるのはまずいよねぇ。

両手を膝の上に置いてプディングをじっと見つめていると、レオンハルト様が笑いを堪えながら、食べてよいと言ってくれた。エマさんは幼子を見るような目で私を見ている。

二人の様子が気になりつつも、食べてよいならと、スプーンを手に持ちひと掬い。プディングが日の光の下で揺れる様子はまさしく眼福。そのまま、口にもっていきパクリと食べると、優しい甘さとバニラの香り、そして濃厚な風味が堪《たま》らない。

「美味しぃ!!」

自分で出した声の大きさにびっくりし思わず口を押さえると、

「ふふっ、嬉《うれ》しいわ」

エマさんに優しく微笑《ほほえ》み返された。

「……子供の頃に食べたプディングにそっくりです。手作りでしょうか？　お店の味とは違う気がします」

自分で作ったこともあるけれど、理想の味にはほど遠かった。いや、正直に言えばアレはプディングですらなかった。

あとでレシピを教えてもらおう。エイダに作ってもらおう。そう決意しながらスプーンを口に運ぶ。おいしい。ひと匙《さじ》。もうひと匙。

……そしてあっと言う間に食べ終わってしまった。

空のお皿を名残《なご》り惜《お》し気に見ていると、目の前に新しいお皿がスッと差し出される。その皿を辿った先には呆れ顔のレオンハルト様がいた。

「子供みたいな目で空の皿を見るな。俺のもやるから食えばよい」

「い、いいえ、そういうわけではなく……」

「いらないのか？」

レオンハルト様がお皿を揺らす。

プディングがぷるぷると揺れている。

そういえば、昔一緒に遊んでいた子供の中に、いつも私にプディングをくれる子がいたなぁ。名前、何て言ったっけ？　思い出せない。ま、いいか。

「頂きます！」

遠慮なく食べた二つめのプリンはやっぱり懐かしい味がした。

食事を終え、帰る際にエマさんから鞄とお城の侍女服が入った袋を受け取った。昨晩、袋ごと泥濘に浸かったものだけれど、洗われて綺麗になっている。

「ここまで親切にして頂きありがとうございます。今着ている服は改めて返しにうかがいます」

「いいのよ、大した手間じゃないわ。まだ湿っているから帰ったら干してね」

何度も頭を下げる私に、エマさんは優しく笑いながら頬の傷を心配してくれた。そして、私の瞳をじっと見る。

「素敵な瞳ね。隠したい気持ちは同じ侍女として分かるけれど、出したほうがよいわ。あなた、綺麗な顔立ちをしているのだから」

そして、チラッとレオンハルト様を見る。

「暫くはいろんな虫が寄って来るだろうけれど、きちんと見極めるのよ」

何の虫を見極めるのだろう？

詳しく聞こうとしたけれど、レオンハルト様の「コホン」という咳払《せきばら》いのせいで何も聞けなかった。

「では行くぞ」

決まり悪そうな顔で、レオンハルト様は馬車に向かっていく。そして数歩進んだところで振り返り私を見る。

「何を突っ立っているんだ」

「え、私も行くのですか？　辻馬車を拾って帰りますよ」

「いいから、早く乗れ」

遠慮をしていると、エマさんに強引に背を押され馬車に乗せられた。そして、そのまま馬車は走りだす。

「行き先が私の寮とは違うように思うのですが、どこに行くのですか？」

「心配するな、すぐに着く」

その言葉通り、十五分ぐらい走って馬車は止まった。

降りると、赤い屋根とライトブラウンの扉のお店が目の前にある。蔦《つた》と花の模様が彫られた扉を開け中に入ると、そこは庶民向けの服を取り扱っている服屋だった。

レオンハルト様によると、（正しくはエマさんのメモによると）この店は、もとは子爵、男爵家の人間がよく利用する店だったらしい。それが最近になってちょっと裕福な平民向けの服も扱うようにリニューアルされたとか。没落していく貴族がいる一方で、庶民でありながら富を築いた者もいて、その辺りの層をターゲットとしているらしい。

よくも悪くも貴族階級と平民との垣根が曖昧になってきているのがこの国の実情だ。

私から見れば高価な服が並んでいるけれど、平民にとって分不相応、とまではいかない。ちょっとしたよそ行きといった感じだ。

「昨晩着ていた服の代わりになる物を選べ」

「ですが……」

持ち合わせがない。

えーと、もしかして、
この流れは期待してよいのでしょうか？

「無理に残業させた詫びと、それに対する現物支給の残業代だ」

成程。

そういうことなら遠慮はいりませんね。

素直に買い物を楽しむことにしましょう。

とはいえ、沢山の服に圧倒されどうすればよいものか。

「レオンハルト様、私、こんなに沢山の服の中から選んだことがないので、どこから手をつければよいのか分からないのですが」

「普段はどうしているんだ？」

「嫁いだ姉が時々お下がりを送ってくれるので、大抵はそれを着ています」

「給金はもらっているだろう？　マリアナ派遣所は、従業員の給料をピンハネするような悪どい所ではないはずだが」

「将来やりたいことがありまして。できるだけお金を貯めたいのです」

買い物慣れしていない私が、服をちょっと摘んではもとの位置に戻す、を繰り返していると痺《しび》れを切らしたようにレオンハルト様が服を手に取り始めた。

「これはどうだ？」

「淡い水色は今の季節にぴったりですけれど、汚れが目立ちます」

「ではこれは？」

「紺色は無難ですが、土埃《つちぼこり》の汚れが目立ちます」

「じゃ、これは？」

「装飾が多いのは洗うのに面倒です」

「これ」

「派手じゃないですか」

あっ、……なんかレオンハルト様がいらいらしている。私のせい……かな。せいだよね。

眉間に皺を寄せ、苛立ち気味に見下ろしてきた。

「お前、選ぶ気があるのか？」

「あ、あります！　お店のお洋服、全部可愛いと思っています！」

チラリと視界に入った店員さんに聞こえるよう、声を張り上げる。私が否定ばかりしているから、店員さんの顔が引き攣っていた。

「でも、私は令嬢ではありません。先ほどの服も着てみたいですが、一着だけ選ぶなら機能性が一番大事なんです。汚れが目立たず、シンプルで洗いやすい丈夫な生地の服がよいです」

「こういう感じか？」

ため息交じりにレオンハルト様が手に取ったのは、スカートにたっぷりのドレープが入った深い緑色のワンピースだった。少し大きめの白いレースの襟がついていて、パフスリーブになっている。ウエスト部分に太めの紺のサッシュが巻かれているけれど、それ以外は刺繍《ししゅう》も飾りもないシンプルなデザイン。もっとも、カフスや裾に刺繍があっても、私のサイズに詰めたらなくなってしまう。

色といい、デザインといい、昨日私が着ていたのに似ていた。それを受け取ると鏡の前で身体に当ててみる。

うん、よいかも。しっくりくる。

「レオンハルト様、私、これがよいです」

「分かった。ところで先ほどの服も実用性に欠けるから嫌なだけで、着てはみたいのだな？」

「はい。でも、ひとつだけ選ぶならこれがよいです」

何着も買うならそういうのも欲しいなとは思うけれど、服にお金をかけるなら将来の軍資金として貯めておきたい。

服選びが終わったのを見計らって、店員さんがすっと近づいてきた。

「当店ではサイズ直しを承っております。採寸致しますので、お召しになってください。三時間ほどで出来上がります」

おう！　それはなんと素晴らしいサービス。

別料金かもしれないけれど、侯爵様はそんな細かいことは気にされないはず。では、と試着室に向かおうとすると、入り口が勢いよく開き、扉の上に付いている小さなドアベルがカラカラカラと音を立てた。

店員さんが反射的にいらっしゃいませ、とお声がけしたその先には、額に汗を浮かべたダグラス様がいる。そのまま大股で近づいてくると、私の前でピタリと止まった。

「…………」

「リディです」

「!!」

ダグラス様がのけ反りながら目を見開き私を見下ろす。

次いでぐっと近づき凝視してきた。どうもこの二人距離感がおかしい。

そう思った瞬間、まるでダグラス様から私を引き離すようにレオンハルト様に腕を引っ張られる。

レオンハルト様は何やら剣呑《けんのん》な表情でダグラス様を見るも、見られたほうは楽しそうに含み笑いを浮かべた。

「これから騒がしくなりますね。とりあえず他部署への書類の受け渡しは僕がしましょう。それにしても、レオンハルト様に先見の明があるとは、意外な特技ですね」

「そんな特技身につけた覚えはない。それより、どうしてここが分かった？」

「屋敷に行ったらこちらだと聞きました。デートを邪魔するのは気が引けたのですが、……残念ながら仕事が入りました」

仕事の言葉に、レオンハルト様のこめかみがピクピクと動く。それにはダグラス様も同情されて眉を下げるも、容赦なく言葉を続けた。

「実は二日後に来る予定のローンバッド国の王太子ご夫妻ですが、先ほど港に着いたと連絡がありました。なんでも追い風が強く予定より早く着いたそうです」

「なに!?　国王陛下に連絡は？」

「先ほど。それで、会談も早まるだろうからレオンハルト様との打ち合わせを早急にしたいとか。今から城に来てください」

「……今から、か」

「はい、今すぐ」

はぁ、とレオンハルト様が項垂れるのを見て、私はそっと手を合わせた。


レオンハルト様達がこの半月、特に忙しかったのは、海を挟んだ向こうにある大国ローンバッドの王太子ご夫妻が来られるから。

ローンバッド国とは昔から貿易を通じて友好関係にあり、今回の来国の目的は今すでにある協約の見直しと新たな締結のため。どちらについても、二国間の繋がりをより深める内容だ。

そのための資料作りにレオンハルト様は日々追われていた。ローンバッド国から事前に渡された要望書の翻訳から始まり、その他諸々のやり取りや、関連部署への根回し。

昨日やっとそれが一段落して、明日、国王陛下とレオンハルト様が詰めの話し合いをされる予定だった、はず。

「分かった。そういうことなら行くしかないな」

「はい、ちなみに呼ばれているのはレオンハルト様だけですので、リディは僕にお任せください」

「いや、お前も来い。絶対だ。必ずだ。むしろお前だけでどうにかしろ」

「だから、国王陛下はレオンハルト様をご指名なんですってば」

仕方ないでしょうと、ダグラス様は大袈裟《おおげさ》に肩を竦《すく》められた。

レオンハルト様は片手を額にあて、ため息交じりに私を見下ろす。

「リディは来る必要はない。馬車を残すから使え」

「いえ、辻馬車を拾います。確か近くに乗り場があったはずですから」

侯爵家の馬車で帰るのは目立ちすぎる。目立つことは避けたほうがよい。レオンハルト様は軽く頷くと、店員さんを呼び何やら伝え始める。

「リディ、こっちを向いて」

「はい」

ダグラス様に言われ振り向くと、髪に何かが触れた。

朝からレオンハルト様が部屋に来て時間がなかったので、髪は櫛《くし》を通しただけで下ろしたまま。

ふわりとした腰まであるくせ毛の黒髪は少々邪魔だ。

「うーん、こっちかな」

そう言って今度は髪に何かが刺さる感触があった。渡された手鏡をみると、耳の少し上に赤いガラス石が三つ並んだ小さな髪飾りがある。

「綺麗です」

「プレゼントするよ。日頃の感謝もこめて」

「ありがとうございます」

凄く自然な流れと会話。強引すぎない口調。

これはかなり手慣れていらっしゃるようだ。

レオンハルト様ほどではなくても、ダグラス様も充分に見目がよい。鳶色《とびいろ》の瞳を細め人懐っこい笑顔を浮かべられたら、大抵の御令嬢は頬を染めるのではないだろうか。

そんなことを考えていると、背後から突き刺さる視線を感じた。振り返ると、レオンハルト様がじとっとこちらを見ている。

不満そうな目。

そういえばまだ、レオンハルト様にお礼を言っていなかった。

そうか、それで怒っているのね。でも、ちょっと言い忘れたぐらいでそんなに恨めしそうな顔しなくてもいいのに。

「レオンハルト様もありがとうございます」

「なんだか、俺のほうがついでだな」

不機嫌に口を尖《とが》らせるその子供っぽい姿に、隣にいたダグラス様が吹き出した。

「いえ、そんなことありません。昨晩から本当にお世話になったと感謝しています」

「ほう……」

言葉を付け足すも、まだ機嫌は直らない。そんな微妙な空気を読んでか、ダグラス様がレオンハルト様を促す。

「お楽しみの所申し訳ありませんが、そろそろ城へ向かいませんと」

「はぁ、……分かっている。ではリディ、あとは店の者に頼んでいるから」

それだけ言うと、心底嫌そうな顔で店を出て行った。

二人を見送ったあと、店員さんが細かくサイズを測ってくれる。

「裄丈と、裾、それから、ウエストとお尻周りを詰めて……胸周りはそのままでも大丈夫かしら」

そういえば、姉のデビュタントのドレスを作る時もこんな風にしていたな。

国によってはデビュタントのドレスの色が決まっているらしいけど、ハザッド国では色の指定はない。用意された色とりどりの生地から、お姉様に必死でピンクを薦めたら「それはリディが着たい色でしょう」って窘《たしな》められたなぁ。

でも、結局、私はデビュタントには出られなかったんだけれどね。

3．異国の要人

次の日、朝から雨がパラパラ降っていた。

寮の部屋で干し直した侍女服は、濡れないように二重に包んでから布袋に入れる。クローゼットを開け雨の日でも裾が濡れないよう、スカート丈が短めのワンピースを取り出した。臙脂色《えんじいろ》は春らしくないけれど、仕方ない。足元も汚れてよいように使い古した茶色のブーツにしておこう。

蝙蝠傘《こうもりがさ》を差しながらお城へ向かい、辿り着いた時には、雨は本降りになっていた。着替える前にチラリと覗いた厨房はいつもの三倍は忙しそう。

うん、そうなるよね。

予定より早く他国の王族が来たのだもの。風向きで船の到着に誤差が出る可能性は予想していただろうけれど、やっぱりバタバタしている。

「リディ、ちょっとこっちへ」

ベティさんからお声がかかる。でも、呼ばれて振り返った私を見て固まってしまった。

「あの、なんでしょうか？」

「あ、うん。あなたリディ、よね？」

「はい」

頷く私の顔をマジマジと覗き込む。でも直《す》ぐに気を取り直し指示をしてきた。私の変化に構っていられないほど彼女は忙しいようだ。

「朝の給仕はよいから料理長の指示を聞いて調理場を手伝って。それから、王族以外のお昼の給仕はあなたが全部してちょうだい」

「分かりました」

つまり他の侍女は王族と異国の王太子ご夫妻や一緒に来ている使者の給仕をするから、自国の高官達は全部私に丸投げということらしい。そして、遅れて怒られるのも私。

とりあえずカレンと絡むことはなさそうだと、そこだけはほっとする。

素早く着替えて料理長の元に行くと、ベティさんと同じ反応が返ってきた。面倒なので、その反応は全てスルーしよう。

「何をすればよいでしょうか？」

「裏の鶏小屋に行って卵を全部取ってきてくれ。傘は裏口にあるのを使えばよい」

そう言って、持ち手のついた大きな籠を渡される。

「分かりました」

裏口を出ると左手の壁に大きな男物の傘が立てかけられていた。それを広げ、石畳の上を歩いていく。雨が傘に跳ねる音に紛れて、足元から話し声が聞こえてきた。

「これと、これを昼食に持って行ってちょうだい」

「昼食にも葡萄酒を用意するのですか？」

「飲まれないと思うけれど、念のため言われたらすぐ出せるよう軽い口当たりのを準備しておきたいの」

声のするほうを見れば、壁からパイプが数センチ飛び出している。換気口のようで、位置は私の膝下あたり。確か、地下の葡萄酒倉庫と繋がっていたはず。

換気口は室内側を塞ぐことができるけれど、声が聞こえるから塞ぐのを忘れているみたい。コルクが乾燥しないように一定の湿度も葡萄酒の保存には必要だけれど、湿気が多すぎるとラベルにカビが生えたりしてしまう。

雨が降っているから本来なら塞ぐところを、朝から忙しくて忘れているのでしょう。

あとで言えばよいかと思い、そのままお城の傍の小道を進み、侍女達の寮の近くにある鶏小屋まで来た。この辺りは石畳ではないので、茶色のブーツにはべったりと泥が付いている。傘を畳み、濡れない場所に置くと、いざ、鶏小屋に入った。

御令嬢達は絶対にしない仕事だ。

……もう慣れたはずなのに、
随分前に令嬢でなくなったのに、
ちょっと、ちょっとだけ胸の奥がざわつく。

昨日の今頃は優雅に朝食を食べてたな、とか思ってしまう。

ブンブンと軽く頭を振る。だめだ、だめだ。

気を取り直して、卵を集めることに。鶏達には餌をやり、食べている隙に素早く籠に入れていくと、卵はまだほんのりと温かい。全部で二十個以上はあるだろうか。籠に入れると、それなりの重さになった。

重たいので持ち手を左肩にかけ、さらに籠を底から抱えるように左腕をまわす。雨はまだ強く降っていて、風も少し出てきたかもしれない。傘を来る時よりしっかりと持ち、調理場へ戻ることにした。

泥濘が石畳に変わった頃、いきなり足元に何かが飛び出してきた。

「ひゃっ」

思わず踏みそうになる。上げた足を下ろし損ねてバランスを崩し、肩から籠の持ち手がずり落ちた。

やばい。

卵を落とすわけにはいかない。

傘を手放し、両手で籠を持ち、なんとかバランスを保つ。大粒の雨が頭と顔に当たり、服に染みを作るけれど、何とか卵は守った。よくやった、私。

よいしょと体勢を戻し、傘を拾うと少し離れた場所からニャーと声がした。私が踏みかけた黒い毛玉がずぶ濡れ姿でこちらを見上げてくる。

「あなた、どこから来たの？」

「ニャー」

「雨に濡れない場所にいなさいよ」

「ニャーニャー」

できることなら、どこか屋根の下に連れて行ってあげたいけれど、時間がない。それならせめて濡れないようにと、傘と籠を左手で持ち空いた右手でそっと抱きかかえ近くの木の下へ。

「あれ、あなた怪我しているの？」

右足に少し血が滲んでいる。見たところ擦り傷だから平気そうだけれど、と思いながら籠を近くにあった平らな石の上に置き、ポケットをごそごそ。ハンカチを取り出すと口と手で細く千切る。

それを見て、猫は何をするんだとちょっと威嚇してきた。

あなたのためだと分かってもらうために猫の後頭部や耳の後ろを撫で撫で。猫って喉を触ると喜ぶけれど、ここを触られるのも大好きだ。以前五匹も猫を飼っているお屋敷に派遣された時の技がこんなところで役立つなんて。何事も経験だなぁ。

すっかり気持ちよく目を細めたところで、千切った布を素早く足に巻く。これでよし。

猫がありがとう、と言うようにミャーと鳴けば首に着けている鈴がチャリンと鳴った。

赤い首輪に鈴。いったいどこの飼い猫が紛れ込んで来たのでしょう。

気にはなりながらもそれ以上はどうしようもなく、バイバイと手を振り私は調理場に戻った。

その後は、じゃがいもの皮を剥いたり、フライパンやボウルを洗ったりしているうちに、高官達の昼食ができた。そちらを運ぶように言われたので、手を拭きメニューを確認する。焼きたてパンにサラダに具沢山のスープに白身魚のムニエル。

私はそれらをトレイに載せて厨房の横にある階段を二階へ上がる。扉を開けっぱなしにしておいた小部屋に入り、中にある台車に載せた。台車の二段目には先に載せておいたジャムや予備のパンや数本の水差しがある。

それをカタカタと押して各部屋に運ぶ。私の瞳を見たそれぞれの部屋の補佐官や侍女の反応は……うん、面倒なので省略しよう。配膳からあとは彼らがしてくれるし、あとは丸投げだ。

最後はレオンハルト様達。この二人なら、事情を話せば遅くなっても怒られることはないと思って最後にした。今日は私も忙しくてサンドイッチにしていないけれど、それもきっと理解してくれるはず。

一人で階段を何往復もするのは結構膝にくる。

よいしょと最後の階段を上り終えると。

あれ、なんだろう。

さっきまでと、なんだか雰囲気が違う。

私が一階に降りて、二階に上がるまでの数分にいったい何があったのだろう。廊下をうろうろしている人がやけに多い。

よく分からないままとりあえず台車を押していると、レオンハルト様が向こうから早足で歩いて来た。足が長い方の早歩きは私の小走りぐらいの速さだなぁ、そんなにお腹空いているのかなぁ、と呑気《のんき》に思っていたけれど。

近づいてくる顔は何やら切羽詰まったものがある。

「どうされ……」

「リディ、子供を見なかったか？」

うん？　いきなりの問いかけに意味が分からない。でも、見かけていないから首を振る。

「そうか、どこに行かれたのか……チッ」

舌打ち？

眉間の皺が深いし、イライラしているのを隠そうともしない。「食事は執務室に適当に置いておけ」とだけ言い残して立ち去ろうとするレオンハルト様を、思わず呼び止めてしまった。

「どうかされたのですか？」

「あぁ、実は王太子ご夫妻と一緒に七歳のご子息も来られていてな。午前中はご夫妻と一緒だったらしいが、昼食の最中に席を立ったまま戻って来ないのだ」

「侍女はどうしたのですか？　ついていなかったのですか？」

「それがどうやら撒《ま》かれたらしい」

「えっ？　撒かれたというのは……」

レオンハルト様は苦虫を噛み潰したような顔でため息をひとつつく。

「ご子息……ルイス様は飼われていた愛猫を一緒に連れて来られたのだが、その猫が朝から行方不明になっているらしい。ローンバッド国の従者達が捜してはいるがまだ見つかっていない。ルイス様は昼食の最中も猫を気にされていたらしいから、おそらく侍女を振り切り捜しに行ったのだろう」

うん？　猫？

「それとな、」

いきなり身を屈めたレオンハルト様の顔が間近に迫る。爽やかな香水の香りがすると同時に耳に暖かい息がかかった。

「ルイス様は、本国で何度か命を狙われていたらしい」

甘い吐息にそぐわぬ内容。

だから、ご夫妻は子供を連れてきたのかと納得する。

……うん？　レオンハルト様の顔が離れない。

「この髪飾りをつけてきたのだな。気に入っているのか？」

不機嫌そうに口を尖らせ、私の耳の辺りを指差す。

今日もいつものように髪を編み、耳の下でお団子にしている。そして、その縛った紐《ひも》を隠すように、赤い石のついた飾りを左に着けてきた。

「はぁ、気に入っているというか……」

唯一持っている髪飾りというか。

そんなことより、

伝えなくてはいけないことがある。

「あの、猫って、もしかして黒猫ですか？　鈴のついた赤い首輪の」

私の問いに、レオンハルト様の切れ長の瞳が大きく見開かれた。

「知っているのか？」

「先ほど、卵を取りに行く時に見かけました。石畳の上で濡れていたので、とりあえず木の下に置いてきたのですが」

「お前っ、なんで連れて来なかったんだっ⁉」

「……だ、だって‼　そんな大事な猫なんて思わなかったですし……」

いや、いや、それは無理でしょう。

知っていたら連れて帰って来るけどさぁ。

仕事中に猫を拾っているほうがおかしいでしょう。

不貞腐れた私を見て、レオンハルト様もさすがにそこは的外れだと気づいたのか、少しバツが悪そうに頭を掻く。

「ではとりあえず猫を捜してくれないか？　もしかしたらルイス様も見つかるかもしれないしな。料理長には俺から言っておく」

「分かりました」

私はとりあえず手元にある料理をレオンハルト様の執務室に運ぶと、急いで階段を下りた。

厨房にレオンハルト様の姿はなかったけれど、料理長が裏口を開けて私を手招きしているから、話は通してくれたみたいだ。

「ちょっと行ってきます」

「あぁ、お前も大変だな」

少し同情が混じった返事に嫌な予感を覚える。

首を伸ばして外を見ると、明らかにさっきよりさらに雨脚が強くなっている。しかも風も強さを増していた。

これはずぶ濡れ確定だな。せっかく、服、洗ってもらったのに。

ため息をつきながら、裏口にあった傘を手に取り外に出る。つい数時間前は小さな水溜《みずた》まりだったのが、水溜まり同士がつながり、石畳み全体に薄く水の膜を張っている。こうなると、避けて歩くレベルではない。半ば諦め、半ば自棄《やけ》になりながら水の中を歩く。靴の泥汚れは落ちるか、と鼻先でふんと笑いながら十数歩歩くと、染み込んできた雨水で爪先がじんわりと濡れてきた。

やれやれ、とうんざりしつつ、草むらの中や低木の下を屈んで覗き込むも猫はどこにもいない。

ニャーニャー

鳴《な》き真似《まね》しても、返事はない。

ないけど、とりあえず鳴いてみる。

ニャーニャー

ずぶ濡れで何やってんだ、という思考はひとまず頭の片隅に。

そのうち石畳が途切れて、足元は土に。

いや、泥？

なんなら、沼？

私は踏み込もうとした足を引っ込める。

そもそも、猫って濡れるの嫌いじゃなかったかな。

だったら、あえて自分から泥沼にはいかないでしょう。

言い訳じみた考えを巡らせ、自分を納得させると踵《きびす》を返《かえ》し、来た道をもう一度捜すことに。

軒下とか。

木の下とか。

……ニャーニャー

………ニャー

今度は私じゃない。

辺りをぐるりと見回すけれど、見える範囲に黒い毛玉はない。息を止めて耳に神経を集中させる。

右側？　もう少し先？

小さく弱い鳴き声だけを頼りに歩を進めると、声がだんだんはっきりしてきた。くぐもっていて、何かの中に閉じ込められているような。

もう一度目を凝らす私の視界に、地下の葡萄酒倉庫と繋がる小さな換気口が入ってきた。ジャブジャブと水が跳ねるのも気にせず、石畳の上を小走りで向かう。換気口の前までくると、スカートが濡れないように――もうかなり濡れているけれど――裾を纏めて摑んで身を屈め、穴に耳を近づけた。

ニャー

さっきよりずっとはっきり聞こえてくる。

穴を見れば小さな足跡の形をした泥も付いていた。

見つけた!!

駆け足で厨房に戻ると、入ってすぐの場所で料理長が鍋をかき混ぜていた。煮込み料理は数時間かけて用意するから、今火にかけているのは晩御飯だろう。

「料理長、地下のワイン倉庫の鍵は誰が持っていますか？」

「俺が持っている。係の侍女に預けていたら鍵もかけずに開けっぱなしにしてやがった。こっちのワインはさすがに取られるとまずいからな」

「それ、貸して頂けませんか？」

じとっとした目を向けられる。

「取りませんよ。ワイン倉庫に猫が紛れ込んでいるかもしれないんです。必要なら帰りに身体検査を受けます」

「分かったよ。ま、お前は残り物をくすねるぐらいで節度をわきまえているからな」

「…………」

「みんな生活苦しいからな。俺自身、線引きが難しいんだよ。ま、水筒は許容範囲だ」

そういうと、料理長は首から下げていた鍵を私に手渡した。ちょっと気まずくそれを受け取り、頭を下げて厨房を出る。少し歩くと、地下に向かう石の階段があるので下りていく。カツカツと鳴る靴音と、ズブズブと靴の中の水が鳴る音が地下階段によく響いた。

重い鉄製の扉を開け、入り口近くのカンテラに灯を点《つ》け中に入る。換気口の付近に猫の足跡が残っているはずだから、そのあたりから捜すことに。

でも、あったと思うも束《つか》の間《ま》、それは右のほうに十歩進んだところで次第に薄くなり消えてしまった。

この中にいるのは確かだけれど、暗くてよく見えない。灯りをもう少し持ってきて何ヶ所かに置こうかな。

そんなことを考えていると、

ニャー、

鳴き声が部屋の隅から聞こえてきた。でも、それだけじゃない。

「しっ、静かに！」

男の子の声も聞こえてくる。

これは、もしかして、もしかすると。

そっと足音を忍ばせ覗くと、棚と棚の間に小さな人影が見えた。

「ルイス様ですか？」

ローンバッド国の言葉で囁くと、黒い毛玉が飛び出してきた。その右足にはやはり白い布切れ。

「やっぱりあなただったのね」

すりすりとすり寄ってくる黒猫をひょいと抱え撫でてやると、グルルと気持ちよさそうな声を出す。それにつられたように小さな影が恐る恐る顔を出した。

「ニットを知っているの？　この猫、僕以外に懐かないのに」

「はい、先ほどずぶ濡れになっていたのを見かけました」

「その包帯は君がしたの？」

「そうです。ハンカチを千切っただけのものですが」

　こちらを窺うような赤色の瞳に私はにっこりと微笑む。子供の警戒を解くにはまずは目線を合わせることが大事だ。

「私はこの城の給仕係のリディです。ここは寒いので、お部屋に戻りませんか？」

　小さい子供の子守りは何度も経験している。私は意外と子供受けがよいのだ、身長のせいかもしれないけれど。

「隠れているのに理由があるのですか？　私でよければ力になりますよ」

　ルイス様の視線に再び警戒の色が浮かぶ。レオンハルト様の話では命を狙われていたっていうから仕方ないか。こういう時はまず、仲よくなることから始めよう。

「ルイス様、私とお友達になりませんか？」

「友達？」

「そうです。そうだ！　お互いひとつずつ秘密を教えあうというのはどうでしょう」

「ひみつ？」

「はい。私とルイス様二人だけの内緒話です」

私の言葉にルイス様の目が輝いた。

「うん分かった。秘密は仲良しの証拠だね。お父様とお母様も僕には内緒だよって、二人で仲よく秘密の話をしているもの！」

「ふふ、絶対内緒ですよ。実は、一ヶ月前料理長が余り物でプディングを作ってくれたのです。ひとり一個ずつだって言われていたのですが……」

私はちょっと間を空けると、必要ないのにルイス様に耳打ちする。

「あまりに美味しくて二つ食べちゃいました」

「!!　それじゃ、食べられない人がいるじゃないか！」

「はい、ですから内緒です。しー、です」

分かったと強く頷くルイス様。そういえばあの時食べられなかったのは誰なんでしょう？　最後に厨房に来たのはカレンだった気も……。

私の打ち明け話に気を許してくれたルイス様がにこにこ笑顔で今度は自分の番だと言う。

「秘密を打ち明けるんだよね？　そうしたらリディが解決してくれるんだよね？」

んん？　そんな話だったっけ。力になるとは言ったけれど。

ちょっと待って、と焦る私に向かってルイス様は言い放った。

「僕ね、命を狙われているの。三ヶ月前もね、お気にいりの階段で落とされそうになったんだ。お父様とお母様には話したし、アーロン大叔父様も一生懸命犯人を捜してくれているのに、まだ見つからないんだ」

「……そうですか、分かりました。では詳しく教えてくれますか？」

ここまできて、無理なんて言えるはずもなく。とりあえず私はルイス様の話を聞くことにした。

＊＊＊

想像より深刻な話に驚きながらも、話を聞いた私は大きく頷く。

「なるほど、そういうことですか。それならおそらく解決できるかと」

「本当に!?」

「はい。ですから王太子様の元へ帰りましょう。私が送り届けますから安心してください」

ルイス様はほっとした顔で「うん」と答えてくれた。

とはいえ、私一人がルイス様の手を引いて王太子様の元へ行くと、誘拐犯だと怪しまれるかもしれない。

「ルイス様、ちょっとここで待って頂けますか？　助《すけ》っ人《と》を呼んできます」

「すけっと」

はて、と首を傾げるルイス様にもう一度棚の隙間に隠れるよう伝え、私は葡萄酒倉庫に外からしっかり鍵をかけた。

「レオンハルト様！」

一階のロビーで、衛兵と、服装からしておそらく異国の要人と三人で話をしているレオンハルト様を見つけ、私は駆け寄る。

「猫はみつかりそうか？」

異国の要人はその言葉に敏感に反応して私を見た。黒い髪と黒い髭、精悍な顔立ちをした壮年の男性は緑色のローブを羽織っている。

「猫の声が葡萄酒倉庫からするのですが、高い場所にいるようで私では背が足りません。一緒に来て頂けませんか？」

「分かった。アーロン殿、あとは衛兵と捜して頂けないだろうか。私は猫を捕まえてきます」

「お願いします。では私はまだ捜索していない庭を見てきます」

「雨が降っていますので外は衛兵に捜させます。アーロン殿はどうぞ王太子様の元に戻ってください」

「いやいや、私を慕ってくれているルイスが気がかりで、じっとなんてしていられません。このまま捜索を続けます」

眉根を寄せ不安そうなその顔を引き止めるのは無理だと思ったのでしょう、レオンハルト様は一緒にいた衛兵に雨合羽を用意するよう伝えた。

アーロン様に一礼した後、私はレオンハルト様を地下へ向かう階段へと案内する。

階段途中の踊り場で立ち止まり周りに人がいないことを確認すると、レオンハルト様はそれを待っていたかのように私の傍にピタリと立った。

さすが、察しがよい。

誰もいないけれど、できるだけ声は潜めなきゃ。

……でも、ちょっと近すぎない？　そんなに身を屈めて顔を近づけなくてもよいと思うのだけれど。

「ルイス様もご一緒なんだな」

「よくお分かりですね」

「高い場所にいる猫を捜すためにわざわざ俺を呼んだりしないだろう。とりあえず話を先に聞いたほうがよさそうだな」

私は頷くと、さっきルイス様から聞いた話と私の推理をレオンハルト様に伝えた。具体的な話はレオンハルト様も初耳らしく、初めは驚いた顔をしながらも最後には眉間に皺を寄せ思案し始める。

「それで、ルイス様とも相談したのですが、レオンハルト様にもご協力頂きたいのです」

私はそこまで言うと、再び階段を下り、鍵を取り出し扉を開けた。

ルイス様を見つけたレオンハルト様は急ぎ駆け寄り、怪我がないかを確かめる。

ルイス様いわく、私が連れてきたから信頼してやる、らしい。言われたレオンハルト様の頬がひくりと引き攣った。

「リディが一緒に行く理由は理解した。しかしこのままの姿というのは……」

レオンハルト様が私の全身に視線を這わす。

「ずぶ濡れだな。着替える必要があるだろう。遠回りになるがまず衣装部に向かうか」

「お手数おかけします」

決して好き好んでずぶ濡れになったわけじゃないけれど、確かにこのままの恰好《かっこう》で王太子様に謁見するのは不敬すぎる。なので、私達はまず、お城の奥まった場所にある衣装部へと向かうことに。

道中、レオンハルト様はすれ違った顔見知りの衛兵を呼び止め、ルイス様が見つかったことを王太子ご夫妻に伝えるよう頼んでいた。


衣装部の前までくるとレオンハルト様はその茶色の扉をノックする。

「はい、どなた？　忙しいから急なお仕立てはできな……っ！　レオンハルト様!?」

扉を開けた侍女は口をパクパクとさせ、頬を紅潮させた。その後ろからも「レオンハルト様よ！」「どうしてここに」「ちょっと見えない!!」など、黄色い声が飛び交う。

チラリとレオンハルト様を見上げれば安定の仏頂面。整ったお顔なら、愛想が悪くてもよいらしい。

「この給仕係の寸法にあった侍女服を至急用意してくれ」

その言葉にお針子侍女達の視線が一斉に私に注がれる。

痛い、視線ってこんなに痛いものなの？

睨んでくる人もいるけれど、私は何も悪くない。

「無理か？」

「いえ、とんでもございません。すぐにご用意します。ほら、あなたは中に入って」

先の台詞《せりふ》と後とでは顔の表情が百八十度違う。

人間、一瞬にしてあそこまで表情筋が動くものなのね。

そのあと私は一番小さいサイズの侍女服を手渡され、さらに袖を詰めてもらった。

お城のお針子さんは仕事が早い。ウエストはぶかぶかだけれど、それなりの形にはなった。

でも、丈を直してもらっている間、レオンハルト様とはどういう関係なのかとしつこく聞かれてしまう。翻訳のことは黙って、給仕の仕事でお会いするだけと答えたけれど、視線は最後まで鋭いままだった。

人目を避けるために、私達は普段あまり使われない廊下を通って王太子ご夫妻の元へ向かうことに。すでにルイス様が見つかったとの報告は届いているようで、捜している人はいなかった。

「雨が強くなってきましたね」

「そうだな。明後日《あさって》の夜会までに止めばよいのだが」

「レオンハルト様は出席されるのですよね」

「いや、俺はそういった類には出ない」

「外交官なのに、ですか？」

外交官であれば、異国の王太子ご夫妻が出席される夜会は参加必須のような気が。

私の当たり前の疑問にレオンハルト様は分かりやすく顔を顰《しか》める。

「交渉事は引き受けるが、友好を深める夜会は王族とダグラスに任せている。俺がいても役に立たないからな」

「それは御令嬢に群がられて、異国の方の接待をするのもままならない、ということでしょうか」

「そうだ」

そうなんだ。否定も謙遜もしないんですね。いや、いいんですけれど。

それにしても、こんな仏頂面を氷晶の貴公子と表現する御令嬢達の語彙力は凄い。綺麗な顔であることは認めるけれど、整いすぎて威圧感すら感じるのに。

ルイス様の手を引きながら、これから異国の王太子様に謁見すると思うと気がずしりと重くなってきた。できることなら今からでも逃げ出したい。眉を下げため息をついた時だった、窓が急に白く光った。

「雷、ですか……」

ゴゴロゴロ　ゴゴロゴロ
次いで落雷が響き渡る。と、その瞬間。

「きゃっ…………えっ！！？」

レオンハルト様の大きな手が私の背後から耳を塞いだ。

まるで雷に怯《おび》える幼い子供を守るかのように。

私はルイス様と手を繋ぎながら、ポスンと大きな腕に閉じ込められてしまう。

えっ？

何でこうなった？

でも、そういえば昔にもこんなことがあったような。

「大丈夫か？」

香水の匂いと、後頭部にあたる厚い胸板の感触に頬がかぁ、と熱くなってくる。

「えっ、あ、あの、だ、大丈夫です！　大丈夫ですから、……離してください‼」

何しているの？　と言う言葉を呑み込んだ私は意外と冷静だ。両耳に当てられた手を振り解き身をよじってレオンハルト様から離れる。

「どうされたのですか？　いきなり」

「いや、雷が鳴って、それで……リディは雷が怖いだろう？」

「子供じゃないんですから平気ですよ」

確かに子供の頃、雷は大っ嫌いだった。でも今はとっくに成人した大人。

あれか？　私が小柄だから怖がると思ったとか？

それならルイス様を心配すればよいのに。

幸いなことに周りに人はいなかったけれど、こんなところを見られたら、城中の侍女達から何をされるか分かったものじゃない。

平和第一。平穏大事。

いや、ちょっとまって。

人のいない廊下でいきなり抱きしめるとか、一歩間違うと犯罪なのではないだろうか。

もしかして。

「顔が良ければ何でも許されると思っています？」

「そんなわけあるか！」

「エルムドア侯爵、先ほどのは僕でも問題だと分かるよ？」

「ルイス様、あれはリディが雷が怖いと……」

「だから、私は平気ですって」

どうしてか、レオンハルト様はそう思い込んでいらっしゃる。あぁ、もう、と苛立ち気味に呟いて、髪をガシガシと掻いているけれど、これから王族に会うのに乱れてもよいのだろうか。

とりあえず、こういう時の男の言い訳ほど、聞いて無駄なことはない。

ハンナがそう言っていた。

なので、無視して私はルイス様の手を引き歩き出した。


廊下の雰囲気が変わったのは、貴賓室が近いからだろう。王太子ご夫妻の部屋の前に立っていた護衛が、ルイス様の姿を見つけると、慌てて部屋の中に入って行くのが見えた。

護衛と入れ替わるようにして王太子妃様が飛び出してくる。扉のすぐ向こうでずっと待っていたんじゃないかな。両手を広げルイス様に駆け寄ると、小さな身体をぎゅっと抱きしめ、はらはらと涙を流した。

「ルイス!!」

「お母様！　ごめんなさい」

さっきまで平然としていたのは、ルイス様なりに王族として取り乱してはいけないと我慢していたのかもしれない。でも、母親の姿を見たとたん、その赤い瞳から大粒の涙を流し、「うわーん」と声を上げ胸に顔をうずめた。

次いで現れた王太子様も安堵の表情を浮かべ、その大きな手で息子の頭を愛《いと》おしそうに撫でる。

「エルムドア侯爵、礼を言う。息子が手を煩わせた」

王太子様はそう言うと、蹲る王太子妃様を立たせ肩を引き寄せた。もう一方の手は、ルイス様の小さな手を握っている。

「中に入ってくれ。きちんと礼をしたい」

柔和な笑顔を浮かべ、貴賓室に入って行く。その後に続くレオンハルト様の背後に隠れるように、私も貴賓室の中に入った。

部屋の中央にあるソファに王太子様は座ると、レオンハルト様に向かいの席を勧めた。王太子様の隣にはルイス様、その隣に王太子妃様が腰掛ける。もちろん侍女の私は立ったまま。

ルイス様は両親に挟まれ、安心したのかもう泣いてはいない。

無邪気な子供らしさを取り戻したようでホッとする。

「お父様」

「なんだい？　それより、先にエルムドア侯爵に言うことがあるだろう？」

そう言われルイス様は、はい、と姿勢を正す。

「エルムドア侯爵、リディ、僕を見つけてくれたこと、感謝する。ありがとう」

「いえ、ご無事で何よりです」

レオンハルト様が答えてくれたので、私は黙って頭を下げる。

ルイス様は隣に座る王太子様の袖を引っ張ると、ソファの上で膝立ちになり、耳に口を近づけ小声で話し始めた。部屋の中には護衛や侍女もいる。今はまだ誰にも知られたくない話だ。

「本当か!?」

王太子様は、半信半疑といった様子で目を丸くし息子を見た。

「うん、本当だよ。だから、お父様人払いをお願いします」

「うむ、分かった」

王太子様はすばやく目線を従者に配ると、数人いた護衛や侍女達はすっと奥の扉へと消えていった。その間にルイス様は王太子妃様にも耳打ちをする。

従者がいなくなると、王太子様はすぐに本題に入った。

「で、エルムドア侯爵、ルイスの命を狙う奴《やつ》が分かったと聞いたが」

「はい。ここにいる侍女のリディが推理いたしました。彼女に説明させても宜しいですか」

「ああ、頼む」

四人の視線が私に集まる。

てっきりレオンハルト様が説明してくれると思っていたので、焦ってしまう。

それに、まるで犯人が分かったかのような流れ。

私はあくまで可能性の話をしているのだけれど。

「申し訳ございませんが、私は犯人を名指しすることはできません。ただ、ルイス様が階段から落とされた件について、思う所がございますので進言させて頂いて宜しいでしょうか」

「分かった。では聞かせてくれ」

私は、ごくりと生唾を飲み込み大きく深呼吸すると話し始めた。


「ルイス様には家庭教師が数人ついておられるそうですね。午前の授業を終えお昼ご飯を食べたあとは、ニットと一緒に四階と三階の踊り場で日向《ひなた》ぼっこをするのが日課で、その時間帯、踊り場にいるのはいつもルイス様だけだと教えてくれました。踊り場の後ろには、真っ赤な薔薇《ばら》の花が形造られた見事なステンドグラスがあり、そこから差し込んだ光が、階段に赤いバラの模様を落とすのを見るのがお好きだとか。その日も日向ぼっこをしていたルイス様は、次の家庭教師が来る時間になり立ち上がったところ、突然、背後から抱きかかえられ、手すりを越え真下に落とされそうになりました。手足をばたつかせ暴れたので、実際に落とされることはありませんでしたが、犯人の腕から逃れようとした際、階段を踏み外し転がり落ちて足を骨折されたと聞いております。犯人はフード付きの黒いローブを目深にかぶり、口元を布で覆っていたので顔は分からないとのことです」

「ああ、その通りだ。わが国では役職や階級によって違う色のローブを着ている。黒色は新人騎士が着る色だが、その時間、新人は皆で稽古をしていた。稽古を休んでいる騎士がいないか、ローブを紛失した者はいないか捜索させたが、該当者はいなかった」

ローブの色は他にも数種類あり、護衛は青色、高官は緑色らしい。ルイス様からその話を聞いた時、私はひとつの可能性に思い至ったのだ。

「ルイス様が見たローブは本当に黒色だったのでしょうか」

私の言葉に王太子様の眉間に皺が入った。

「それは子供の発言に信憑性《しんぴょうせい》はないということか？」

やや語気を強められ、私は慌てて首を横に振る。

話の最中にも、雨は窓ガラスを打ちつけ、何度も空が白くなり雷の音がした。

「そうではございません。ルイス様が見られたのは本当に黒色のローブだったのでしょう。しかし、だからと言って犯人が着ていたのが黒色とは限りません」

王太子様、王太子妃様が訝《いぶか》し気《げ》に顔を見合わせる。

こういうのって口で説明してもなかなか納得してもらえないのよね。さて、どうしようかと室内を見回すと、沢山ある窓のうちひとつだけステンドグラスになっていた。濃さの違う緑色のガラスで木々が幾つも描かれている。髪には昨日ダグラス様から頂いた髪飾り、これはちょうどよい。

「ローブの色について説明したいのですが、少しこちらに来て頂けませんか？」

畏れ多いとは思いつつ百聞は一見に如《し》かずなので、お二人にお願いをしてステンドグラスの近くまで来てもらった。髪飾りを外し二人にも見えるように手のひらに乗せる。

「ご覧になってください」

二人の視線が髪飾りに集まった所でタイミングよく窓の外に閃光《せんこう》が走った。

その瞬間、ステンドグラスを通った光が私の手のひらに色を落とす。

緑色の光の中、さっきまで赤かった髪飾りが黒色に変わった。はっと息を呑む王太子ご夫妻の気配を感じつつ、私は説明をする。

「緑色の光の下では、赤は黒に見えます。逆もまた然《しか》り。赤色の光の下では、緑は黒に見えます」

つまりは、緑色と赤色、補色となるこの二つの色が重なれば黒くなるのだ。

「黒いローブではなく、緑色のローブ……」

そう、それが今まで犯人が見つからなかった理由。捜すローブの色が違っていたのだ。

「おそらく犯人はローブの色が変わることを知っていたのではないでしょうか。敢《あ》えて自分に繋がる恐れがあるローブを着たまま犯行に及んだのは、捜査を攪乱《かくらん》させる狙いがあったからだと思われます」

いくら人目がないとはいえ、確実に殺害できるとは限らない。万一犯行が失敗しても、ルイス様に黒いローブを印象付けておけば、犯人に辿りつくのは不可能。一見衝動的だけれど、シンプルな方法ほど見破られなかったりするものだ。

「なるほど、そういうことか。分かった、目撃者はいなかったが近くには数人の使用人がいた。彼らに緑色のローブを着た者を見かけなかったか聞いてみよう」

王太子様が護衛を呼び指示を始めた。どうやら私の推理にご納得されたらしい。

ローンバッド国の高官なんて誰がいるか分からないし、私ができるのはここまで。

護衛が立ち去ると王太子様は再び私に視線を合わせる。

「この件については、こちらで捜索を行い法に基づき処罰を行う。エルムドア侯爵、ご尽力頂き感謝する。それからリディ、息子の件について礼をしたいのだが」

王太子様はそういうと二度手を叩いた。それを合図に侍女が四角い箱を両手で持って出てきて、王太子妃様の元に向かう。王太子妃様は箱の中身を確認すると、

「リディ、これは私達からの礼です。好きなものを一つ選んでください」

そう言って大きな目を細め、優しく微笑んだ。侍女は、王太子妃様の言葉に従うように、私に歩み寄ると、箱を差し出してきた。

視線を落とせば中には色とりどりの宝石が輝いている。ピンクに、ブルー、イエロー、……全部でいくらになるんだろう……。

本当に頂いてよいものかと、隣のレオンハルト様に視線で尋ねれば、大きく頷いてくれた。

「王太子妃様のお言葉だ。一つ選べ」

「はい」

それならば、と宝石に目をやる。

父から教わったことは忘れていないし、宝石の目利きは一番得意だった。

私の好みはこの際どうでもよい。

とにかく、値のはるもの、換金し易《やす》いデザインのもの。

打算だらけの私の目にひとつの宝石が飛び込んできた。

こ、これはパライバ・トルマリン!!

最近新たに発掘された宝石で、希少性の高さから「幻の宝石」と呼ばれている品！

そうか、確か発掘されたのはローンバッド国だった。まだあまり市場に出廻《でまわ》っていないし、この中では間違いなく一番価値が高い。

まるでそれ自体が発光しているようなライトブルーが特徴で、見る角度によって色の濃淡が変化する希少性を持つ。これはいつまでも眺めていられるわ。

「……ではこちらを頂きます」

私はライトブルーのネックレスを手に取る。お金持ち相手に遠慮は不要。石は小さいけれど、値段はこの中で一番だ。

本当なら宝石全部をルーペで見て、透明度とかを確認したいところだけれど、パライバ・トルマリンがあるならこれ一択でしょう。

王太子ご夫妻は、私の手のひらにあるパライバ・トルマリンのネックレスを見たあと、チラリとレオンハルト様の瞳を見られ顔を合わせてにっこりと微笑まれた。

？　どうしてレオンハルト様を見るの？

それにあの意味深な微笑みは何だろう。

レオンハルト様、ちょっとお耳が赤いですがどうしましたか？

なんだか部屋全体に生ぬるい空気が流れている気がするけれど、気のせいよね。

ところで、こういう場合、頂いた宝石はどうしたらよいのだろう。

侍女服で身に着けるわけにはいかないし、ポケットに入れるわけにももちろんいかない。

とりあえず、手のひらに乗せたままじっとしておこうかな。

そのうち誰かが助けてくれるはず……。

「それから、明後日夜会が開かれるのだが、リディ、息子が是非君にも出席して欲しいと言っている。振る舞いを見た所、爵位のある家の令嬢のようだから、ハザッド国としても問題はないと思うが」

王太子様の言葉に、私は宝石を手にしたまま首を振る。

「……身に余るお誘いありがとうございます。しかし、我が男爵家は何年も前に爵位を返上しておりますので私が出席することはできません」

夜会は貴族達が行うもの。平民の私は手伝うことはあっても、参加することはできない。

「それは正式な招待状があっても無理なのか？　我が国では、研究でも戦でも成果を上げた者は身分に関係なく呼ぶことがある」

王太子様のお言葉に、レオンハルト様は思案顔をする。確か、ハザッド国ではそんな特例はないはず。

「ローンバッド国の招待とあれば、国王陛下が反対することはないでしょう。しかし、城勤めのリディの顔を知っている貴族から反感が出るやもしれません。いらぬ嫉妬や誤解を招く恐れがあります」

あ、一応そこらへん気遣ってくれていたんですね。

確かにこれ以上のやっかみは勘弁して欲しい。

「それなら心配ない。夜会は仮面着用となるはずだからな」

「仮面ですか？」

怪訝そうに復唱するレオンハルト様に、まだ聞いていなかったかと、王太子様が説明をする。

「最近、我が国で流行っているのだよ。その話をクリスティ様にしたら、ハザッド国でも開きたいと仰《おっしゃ》られてな。それならば、明後日の夜会を仮面着用にしようという話になったのだ」

王女のクリスティ様なら言いかねない。なんか、嬉々《きき》として参加しそう。

この国で仮面着用の夜会は開かれたことがないけれど、旅の商人の話によると最近他国で流行しているとか。

身分の上下を考えることなく交流でき、高位貴族にしてみれば、爵位の下の者の本音が聞ける貴重な場でもあるらしい。有益な話があればすぐに実行に移し、不満があれば動乱が起こる前に解消するなど、政治にも役立っているとか。

ただ、国によっては気軽さから若者達の人気を呼んでしまい、少々品位を欠くようになってきて問題視されているとも聞く。

「エルムドア侯爵！　それなら問題ないよね！」

明るく話すルイス様の声に、これ以上反対の仕様がないと思ったのか、レオンハルト様は頷いた。

どうやら、私の参加は決定となったみたい。

「そうなると、エスコート役が必要か。もし、心当たりがなければ、私の側近の誰かにさせよう。先ほどから流暢《りゅうちょう》に我が国の言葉を話しているから会話も問題なさそうだ」

王太子様が仰った。

今までの会話は全てローンバッド国の母国語で行われていて、それは私が得意とする言葉のひとつ。だから、言葉の心配はないのだけれど。

そうか、エスコートが必要なんだ。

というか私、本当に参加するのね。

まだ頭も気持ちも追いつかないんですけど。

貴族の家に生まれ育って、デビュタントを夢見ない娘はいないと思う。私もかつては姉の綺麗なドレス姿を見て、いつかは自分も、と思っていた。姉のダンスのレッスンを覗き見て、デビュタントの日を楽しみにしていた……頃もあった。

もし、その夢が叶うのであれば……。

もう、デビュタントの年齢はとっくに過ぎてしまったけれど、一度ぐらいドレスを着てエスコートされたい！　そんな気持ちが自然と胸の中に浮かんできた。

ううん、違うな。閉じ込めていた思いが顔を出した、といったほうが正しいかもしれない。

ふと視線を感じるなと思ってその方向を見ると、

「それでしたら、私が彼女をエスコートするのでご心配には及びません」

レオンハルト様が表情筋をまったく動かさずそう告げた。

その瞳が手のひらの上の宝石と同じ色だと、この時になってやっと私は気がついた。だから王太子ご夫妻はあんな反応していたんだ。誤解させてしまった。

それにしても、レオンハルト様は夜会が嫌いでいつも欠席すると仰っていたのに、どういう風の吹き回しだろう。

王太子様は含み笑いをこらえながら、私とレオンハルト様を交互に見る。

「そうか、分かった。それは失礼した。では、リディ、夜会では是非その宝石を身に着けてくれ」

その言葉に対し、レオンハルト様は何も言わず頷いた。

えっ、絶対誤解されていますよ？

弁解しなくてよいのですか？

4．夜会と星座

私は、一旦レオンハルト様と一緒に執務室に戻り、ダグラス様にことの成り行きをお話しすることになった。ちなみに、両手で宝石を持って佇《たたず》む私に、帰り際侍女がそっと箱を手渡してくれた。

「えっ、レオンハルト様が夜会に出席されるのですか？」

ダグラス様は鳶色の瞳を見開き、ぽかんと口を開ける。

「皆がびっくりしますよ」

「仮面をつけるから俺だとは分からないだろう」

「確かにそうですが、夜会は嫌いではなかったのですか？」

きっと異国の方にエスコートされた私が、粗相をしないか心配で名乗り出てくれたんだと思う。

レオンハルト様は私の雇用主でもあるので、その責任感からでしょう。意外と律儀だな。

「そんなに無理なさらなくても、僕がエスコートしますよ」

ちょっと煽るような口調のダグラス様、それに対しレオンハルト様は明らかにムッとする。

「リディはどうしたい？　僕はリディの意見も聞きたいな」

へっ、私ですか？

そんな、見目麗しいお二人のうちどちらかを選ぶなんて恐れ多すぎる。

「俺が相手だと嫌なのか」

「ま、まさか。とんでもございません」

えーと。

何と答えたらよいのでしょう。

書類で顔を隠し、肩を揺らしているダグラス様、何をしているんですか？

助けて欲しいのですが。

「だったら俺がエスコートする。それでいいな」

「は、はい。ありがとうございます。ただ……あの……」

正直どっちでもよいし、私の最重要課題はそこじゃない。

「何だ？」

「ドレスや靴を持っておりません。宝石は先ほど頂いたのと、母の形見の指輪がありますが」

「なんだ、それならこちらで用意するから心配ない。昨日の店はドレスも扱っていたから、間に合うよう頼んでおこう」

オーダーメイドは無理だけれど、既製品をサイズ直しするのであれば、一着ぐらい何とかなりそうな気がする。どのみち自分では用意できないので、ここは遠慮なくレオンハルト様を頼ることにした。

厨房に戻り、仕事を終え帰る頃には雨は止んでいた。今日は翻訳の手伝いはよいと言われたのでこのまま帰ることにしよう。ずぶ濡れになったブーツが歩くたびにグチュグチュと気持ち悪いけれど、そんなことが気にならないぐらい、私は浮かれていた。

どれぐらいかというと、王太子ご夫妻の元から戻って食器を洗っている時に侍女の誰かにぶつかられたり、嫌味を言われたけれど、全然平気。あからさまな嫌がらせにも笑顔で返していたら、最終的に気味悪がられた。

だって、夜会なんて諦めてたんだもの。

男爵家じゃなくなって、両親も死んじゃって。

だから、たとえ一夜だけでも私には充分だった。


マリアナ派遣所の裏口の扉を開け、薄暗い階段を上る。歩くたびにブーツの中に染み込んだ水がビチャビチャと音を鳴らした。部屋の扉を開けて荷物を床に放り投げると一番にブーツを脱ぎ、足をタオルで拭いて違う靴を履く。それからブーツについた泥を取っていると、扉を叩く音がした。

きっと彼女達だ。

「勝手に開けて入って来て！」

返事をすると、二人は両手にお盆とお酒を持って入って来た。ただ、その量がいつもよりかなり多い。お酒もちょっとよいやつだし、プディングもある。しかも四つ。誰かが二つ食べられる。

「マリアナからの差し入れよ。よい仕事がリディ経由で入ってきたって上機嫌だったわ」

「私とハンナも夜会の手伝いに駆り出されることになったの」

執務室を出る時、レオンハルト様に「夜会での作法と振る舞いを知っている侍女がご入用ならマリアナ派遣所にいますよ」と囁いておいた。

夜会がこの国初の仮面着用の宴となれば、いつもより羽目を外す人が増えるかもしれない。そうなれば、それに比例してお世話をする侍女の仕事も増える。お酒を配ったり、空いたグラスを下げたり、洗ったり。時には粗相の後始末も。

というわけで、彼女達も明後日の夜会に派遣されるようだ。

私の口利きだから紹介料が私のポッケに入る。それに加えてこのお酒とプディングだから、なかなかよい料金で話が纏まったようだ。


とりあえずプディングを二つ確保して今夜の話題は夜会について。

私より年上の二人は貴族学校を卒業しているし、夜会にも出席したことがある。ないのは私だけ。

不安しかない私は、お酒とつまみを食べながら、二人のデビュタントの話を聞いて参考にすることにした。そのうち話題は自然と、エスコートしてくれた元婚約者達に移っていく。

「リディは令嬢時代婚約者はいたの？」

「いたけれど、私が男爵令嬢だったのは十歳までだからあまり記憶に残っていないわ。商売柄、屋敷には頻繁に子供が来ていて皆で一緒に遊んでいたから、婚約者というより友人の一人って感じだったかな」

子供ですから。そういえば名前、何だったかな？　愛称で呼んでいたんだけれど、うーん、思い出せない。ま、もう関わることもないし、いいか。

なので、私の話はよいとして、二人の話を聞くことにした。結構長い付き合いだけれど、二人とも訳あって令嬢じゃなくなっているから、過去の話ってしにくかったのよね。

「ハンナは婚約者いたんだよね？　デビュタントの時はエスコートしてもらったの？」

「もちろん。優しい、よい人だった。お別れの言葉を交わせなかったのが心残りだけれどね」

「その婚約者、まだハンナのこと思っていたりして」

「やめてよ」

眉を顰めてビールをごくごくと豪快に呑み干す。

彼女を好きになる人は何故か粘着質な人が多い。時々寮の前をうろつく身なりのよい人を見かけるけれど、ハンナのストーカーであることも少なくない。

「あら、ずっと思ってくれるなんて素敵じゃない？」

嫌がるハンナを不思議そうに見ながらエイダが会話に入ってくる。ハンナはその問いに冷たい視線で答えた。

「あのね、エイダ、恋愛っていうのは生き物なの。お互い、日々の思いや感情を伝え合い育んでいくの。もう二度と会えない人を思い続けるって、下手したらストーカーよ」

ストーカー被害のプロが言うと言葉の重みが違う。

でも、確かにそういうものかもしれないけれど……それなら、純愛や溺愛とストーカーの違いは何だろう。……相手の顔？　は違うか。

「エイダは婚約者とはどうだったの？　侍女服以外でスカートを穿《は》いているのを見たことがないけ

れど」

「ちゃんとドレスを着て、エスコートされて夜会に行ったわよ。プロポーズもされたけれど、うちの借金を背負えるほど彼の家も裕福ではなかったのよね。ま、今は一人の気楽さが心地よいから結婚には興味ないかな」

男装姿のエイダは不思議に男性にも人気がある。媚《こ》びないところが他の令嬢達と違って新鮮に見えるらしい。でも、恋愛にはまったく興味がない。

二人とも、詳しく話さないけれど色々あったんだな。美人だから、今も時々求婚された、なんて話も聞くけれど、断ったところを見るとこの生活が気に入っているんでしょう。それは、私も同じだけれど。

突然、ハンナがズイッと覗き込んできた。顔がニヤけている。

「ところで婚約者はともかく、まさかその年で恋の一つも知らないなんてことないわよね？」

「も、もちろん、よ……」

ない、とは言えない雰囲気に思わず嘘をついてしまった。

見《み》栄《え》を張ったわけじゃない。

つい、つい、口が勝手に動いただけ。

どう誤魔化そうかと、両手をぎゅっと握り締める。

そんな私の様子に、二人は顔を見合わせケラケラ笑い出した。

「で、相手は誰なの？」

さらに意地悪な顔でハンナが聞いてくる。

誰でしょう。私が聞きたい。

「わ、忘れたわ。私は恋多きっ、女だから！」

「…………ハハハハッ、こっ恋多きっっ」

とうとうお腹を抱え出した。失礼なっ。

「リ、リディ。あなた嘘をつくとすぐに顔にでるのね。見栄をはらないで、恋した時は私に相談しなさい」

たまらないとばかりにお腹を抱えるハンナの横で、エイダも肩を揺らして笑っている。

長い付き合いというのも、時によっては考えものだわ。

＊＊＊

夜会当日、厨房はバタバタしている。ベティさんもピリピリだ。

「もう、どうして令嬢達が全員お休みなの！」

今日の夜会で使うお皿を準備していると、悲痛な叫びが隣から聞こえてきた。

令嬢の支度は、朝からしなければいけないぐらい時間がかかるものらしく、皆様揃ってお休みだ。

ちなみに、私は仕事が終わってから猛スピードでする予定。

いいの。参加することに意義があるから。

「リディと二人だけで今日使うお皿を全部用意しろだなんて、料理長も無茶を言うわ」

ベティさんが乾拭《からぶ》きした皿を積み上げていく。愚痴りながらも手早い動きはさすが。あっ、でも。

「ベティさん、そのお皿、夜会に出しては駄目です」

「えっ、どうして？」

積み上げられたお皿から蔦模様の縁取りがされた物を一枚手に取り、ベティさんに見せる。

「これ、イミテーションです」

有名な絵師が描く蔦模様はもっと繊細で細かい。よくできているけれど、偽物だ。ベティさんは「えっ」と目を丸くした後、同じ模様が描かれた皿を私に差し出す。

「それじゃ、これは？」

「こっちは本物ですね。で、そこにあるのが偽物。誰がすり替えたのでしょうか」

ワイン泥棒がいるぐらいだから、皿泥棒がいてもおかしくない。この仕事場、大丈夫？

時間がないのでサクサクと本物と偽物を分けていく。こんなことで時間を割いてはいられないと頑張っている私の横で、ベティさんは唖然《あぜん》としてお皿と私を交互に見比べる。

「私には違いがまったく分からないわ……」

ぼそりと呟くベティさんの声。それにかぶさるように料理長の声が飛んできた。

「今日は高官がほとんど休みだから、ゆっくり準備しても間に合うぞ」

それを先に言ってよ、と思ったのは私だけではない。隣で小さく舌打ちが聞こえたもの。

おじ様の準備にそんなに時間はかからないはずなのに。絶対サボりだ。働けよ！　もっともそのおかげで、仕事は楽になったけれど。

おまけに令嬢達がいないので、陰口も邪魔も入らない。

なんだかんだ言って、人手が足りないはずなのにいつもより順調、平穏無事に時は過ぎ、仕事が終わる時間となった。


いつもより早く仕事を終えた私は、レオンハルト様と一緒に侯爵邸へ向かった。着いたのは五時、舞踏会は七時からだ。

特にめかし込むつもりはないけれど、ドレスを着て髪を結い上げ化粧をするにはそれなりの時間が必要だから、急がなくてはいけない。なのに、私は客室で立ち尽くしていた。

「……あの、レオンハルト様。これは？」

「あぁ、急がせたがこれが限界だったようだ。もう少し選択肢を用意したかったのだが、仕方ない。好きなほうを選べ。俺は自分の支度をしてくる」

不服そうにそう言って、エマさんと私を残しレオンハルト様は客室を後にした。

残された私は、ポカンと二着のドレスを見る。

そう、そこには、豪奢《ごうしゃ》なドレスが二着。しかもどちらも男爵令嬢が着るには不相応なほど高価なもの。どれだけお金を上乗せして急がせたのだろう。無駄が多すぎる。

一着は、コーラルピンクの可愛らしいプリンセスラインのドレス。腰に薔薇の花を形作ったコサージュが付いていて、デコルテラインが美しい。

もう一着は大人っぽいマーメイドラインで紫がかったピンク色のドレス。細かな刺繍と、所々に小さな宝石もちりばめられていて、裾の後ろが長くなったデザインだ。

これが本当のデビュタントなら、迷わずプリンセスラインのドレスを選んだと思う。でも、二十一歳の私に相応しいのはマーメイドラインのドレスでしょう。大人だし。

と、いうことで、後者を選ぶ。

そこから先は早かった。

エマさんが手早く着せてくれ、髪を結い上げてくれる。その間に自分でメイクをする。どうせ仮面で顔の上半分が隠れるのは分かっているけれど、浮かれている私は結構しっかりメイクをしてしまった。

そして、十八時半。

私は大きな鏡の前でほぉ、と息を吐き、クルリと回った。

自画自賛してもよいだろうか。鏡に映っている私は、まるで貴族令嬢のようだ。

「リディ、レオンハルト様がいらしたわよ」

振り返った先にいるのは、正装に身を包んだレオンハルト様。ライトグレーの上着の胸元にはピンクのバラを差している。私のドレスに合わせてくれたのでしょう。

「レオンハルト様、ドレスをご用意頂きありがとうございます」

カーテシーでお礼を述べる。

でも、反応がない。

どうしたのかと首を傾げると、レオンハルト様の隣にいたリチャードさんがコホンと咳をした。
すると、はっと気づいたような表情を浮かべ、体裁を整えるように襟元を正しながら私に近づいてくる。

「うむ、よく似合っている」

レオンハルト様はそう言うと、ポケットから小さな箱を取り出した。蓋を開けるとブルーダイヤのイヤリングが輝いている。

「本当はネックレスと同じ石を探したのだが、王都になかった。かなり貴重な品らしいな」

「数年前に見つかった宝石ですが、すでに採掘量が減っています。あと何年か経てば本当に幻になると思いますよ」

「そうなのか。実は原石だけならあったのだが、加工する時間がないので手に入れなかったのだ」

!!　なんと！　もったいない！

「レオンハルト様、それ買うべきですよ！　数年寝かせれば価値は三倍、いえ五倍以上になります」

「そんなにもか？　ちなみに石の大きさはこれぐらいだ」

レオンハルト様が指先で示した大きさはかなりのもの。私がもらったネックレスより大きい。

「それ、五倍じゃ済まないかもしれません。絶対手に入れるべきです。それに、これ」

私はネックレスを摘み持ち上げると、背伸びしてレオンハルト様の顔に近づける。

「レオンハルト様の瞳の色にそっくりです。自分の瞳と同じ色の宝石で作った指輪で求婚する方は多いです。持っていて損はありません！」

軍資金があったら私が買いたいぐらいだ。ま、私にはこのネックレスがあるけれど。

数年後にはいくらに化けるんだろう。あぁ、考えただけで頬が緩む。むふふ。

「ほぉ、婚約指輪か……では明日にでも宝石商に連絡をするか」

「是非！」

「手に入れたらよいんだな？」

ずずっと、鼻先がつくほど顔を近づけて、まるで念押しするようにレオンハルト様が言う。

「？　はい」

首を傾げながら答えた私に対して、レオンハルト様は不敵な笑みを浮かべた。

そんな遣り取りをしていたら、ますます時間がなくなってしまった。私が慌ててイヤリングをつけようとすると、

「じっとしていろ」

大きな手が伸び耳に触れる。

触れられた場所がくすぐったくて、思わず首をすくめたら「動くな」と怒られた。

だってくすぐったいし、恥ずかしい。顔が熱を持ってくるのが自分でも分かり居た堪れない。

「できたぞ」

「あ、ありがとうございます」

やっと解放される……そう思ったのに、レオンハルト様は私の顎に指をかけ上を向かせると、淡いブルーの瞳を意地悪そうに細めた。

「年齢の割に初心《うぶ》な反応だな」

「ちょ、ちょっと、びっくりしただけです」

「ほう、そうか」

どうせ私は恋愛経験ありませんよ。でも、どうしてレオンハルト様は私の年齢を知っているのでしょう？　雇用契約書に歳《とし》は書かないし。調べた？　ってことはないか……忙しい人なんだから。

「そ、それより、仮面を着けるのですよね？」

私の言葉に、エマさんが素早く持ってきてくれる。

仮面といっても顔の上半分、主に目を隠すようなデザインだ。夜会では飲み食いもするので口元までは覆わないみたい。

白い仮面の目元は、淡いピンク色の絵の具で縁取られ、所々にラメがちりばめられている。レオンハルト様の仮面も、同じ色の絵の具で目尻に少しだけ蔦模様の絵が描かれていた。

「お揃いですね」

「当たり前だろう。俺はリディのパートナーなんだから。分かっていると思うが、素顔は俺以外に絶対に見せるなよ」

「はい、もちろんです」

侍女が紛れ込んでいるなんて、バレるわけにはいかない、
力強く頷く私をレオンハルト様は満足気に見下ろす。

「……よい歳して、独占欲が強いのはいかがか……」

「ゴホンッ」

リチャードさんがボソリと呟いていたけれど、レオンハルト様の咳払いで聞こえず。

そして、「遅れますよ」のエマさんの言葉に、私達は慌てて馬車に向かった。


侯爵家の紋章を隠した馬車は、お城の敷地内にある一際大きな宮殿の前で止まった。エスコートされ馬車を降り、胸をドキドキさせながら長い階段を上がる。

「嬉しそうだな」

レオンハルト様は、満足そうな笑みを口に浮かべている。

「……はい。一応、夢でしたしね。夜会でのダンス」

「そうか、でも俺から離れるなよ。それから、他の男とは踊るな」

「分かっています。仮面を着けているとはいえ、私だと分かる人がいるかもしれませんしね」

「あ、あぁ。……うん、そうだ。そういう意味だ」

会場の中に入ると雰囲気がざわざわとしていた。夜会慣れしている方々も、仮面着用は初めてだから、浮き足立っているようで、これなら私の浮かれっぷりも目立たなそう。そう思っていたのに。

「お飲み物はいかがですか」

聞き慣れた声に振り返れば、侍女服に白いエプロンをつけたハンナとエイダがいた。

あっさり見つかったようだ。

完璧な給仕係の笑顔と振る舞いだけれど、揶揄《やゆ》を含む眼差《まなざ》しまでは隠しきれていない。いや、隠そうとしていない。

レオンハルト様が、あとでもらうと素気なく答えたので私も知らんぷりを通す。

二人は「かしこまりました」と恭しく言い数歩下がったけれど、そこから動かない。それどころか、クスクス笑ってこちらを見てくる。あれは明らかに楽しんでいるな。

チラリと隣を見れば、レオンハルト様は招待客を確かめるように会場内を見渡している。それなら今の隙にと、私は二人にそっと歩み寄った。

「ハンナ、どうして分かったの？」

「体型？　小柄すぎて逆に目立っているわよ」

「もう少しヒールの高い靴を履けばよかったのに」

「履いたわよ。そして三歩目に転んだ」

あぁー、と言って二人は私に憐《あわ》れみの目を向けてくる。

あんまり侍女と仲よく話をするのもおかしいので、私は二人の背中を強引に押して立ち去らせ、レオンハルト様の元へ戻ることに。

「マリアナ派遣所の者か？」

気づかれていた。ま、レオンハルト様なら問題はない。

「はい、悪友です。ところでレオンハルト様、ローンバッド王太子ご夫妻はどちらですか？　ご挨拶に行かれますよね？」

背伸びしながら会場を見回すと、タッタッタとこちらに向かって走ってくる小さな人影が。

あっと思う間もなく、小さな紳士は私のスカートに飛び込んできた。

「リディ、見つけた」

なぜ、ルイス様まで私だと分かったのだろう。

「リディ、きれいだよ」

「ありがとうございます。王太子ご夫妻はどちらにいらっしゃいますか？」

「あっちだよ。僕がエスコートしてあげる。エルムドア侯爵も一緒に来る？」

「……はい。リディのエスコートは私の役目ですから」

えーと。なんか張り合っていらっしゃいます？

相手は子供ですよ。

頬をピクリとさせ、レオンハルト様は私の手を離そうとしない。なので、私は二人に手を引かれ、王太子ご夫妻の元へと向かうことに。

「お父様、お母様、リディを連れてきたよ」

「エルムドア侯爵、リディすまない。ルイスが強引なことをしたようだ」

左右からエスコートされる私に王太子様は苦笑いを浮かべる。

「いいえ、ご挨拶に伺おうと思っておりましたので助かりました」

「このような機会を与えて頂きありがとうございます」

レオンハルト様に続いて、私もお礼を述べカーテシーで挨拶をする。ちょっと足がプルプルするけれど、それなりにできたはずだ。

「ところでルイス様もご出席されるのですね」

「わが国の王族には夜会参加の年齢制限はない。ただし未成年は八時までと決まっている」

それだと夜会が始まり一通り挨拶が終わった頃に退出となる。ダンスへの参加は成人してからというのはハザッド国と同じらしい。

私にべったりとくっつくルイス様に王太子妃様が手を伸ばし「八時までにおいしいケーキを沢山食べるのでしょう」と言って連れて行ってくれた。二人が充分に離れたところで王太子様がレオンハルト様との距離を詰める。

「連れてきていた侍女や護衛達に、ルイスが階段から落ちた時間帯に緑色のローブを着た男を見なかったかと聞いたところ該当者が一人いた」

「それはどなたか聞いても宜しいですか？」

「アーロンだ」

「まさか……」

「今朝がた極秘裏に捕縛した。本人は犯行を否定しているが、周囲の証言から間違いない。今は貴国の騎士団の協力のもと、ハザッド国の牢《ろう》に収容している」

レオンハルト様と一緒にルイス様の捜索をしていた人だ。確かルイス様の大叔父様だったはず、だけれど……その会話、私が聞いてもよいのでしょうか。

レオンハルト様の腕に手をかけている私の耳にも、会話はしっかりと届いている。

ちょっと離れようかな、と腕から手を離そうとしたけれど、もう片方の手でぐっと押さえられた。

「そのことはルイス様もご存じで？」

「いや、ルイスはアーロンを慕っていたのでまだ伝えていない。アーロンは仕事で忙しく、こちらに滞在中は会えないと伝えると残念そうにしていたが」

王太子様の口調は、怒りとやるせなさで複雑だ。真実を知ったらルイス様もどれだけショックを受けるか。異国で幼い子供に真実を伝えるより、自国で落ち着いた環境で伝えたいという王太子様の気持ちはよく分かる。ルイス様の悲しみを思うと私の胸まで苦しくなってきた。

「しかし、どうしてアーロン殿がこのようなことを」

不可解だと言わんばかりに怪訝な顔をするレオンハルト様に、王太子様は少し言いにくそうに口を結んだあと言葉を続けた。

「貴殿を信頼して言うが、実は十年前、私の婚約者候補にアーロンの娘の名前も挙がっていたのだ。しかし歳が離れすぎていることもあり、すぐに候補者から外れた。妻とその娘は従姉妹《いとこ》で、最近になって側室にしたらどうかという話も上がっていたが、私は妻がいれば充分なのでね。アーロンも無理強いすることはなかったし、外交官として有能だったので傍に置いていたのだが、まさか暗殺を考えているなんて思いもしなかった」

王太子様は明言されなかったけれど、宴の客から聞いた話では、ルイス様は大変難産だったらしく、それが原因で王太子妃様はその後ご懐妊できなくなってしまったらしい。

家臣の中には、万が一に備えせめてあと一人、できるなら二、三人子供を設けて欲しいと考える者もいるとか、さらには、自分の娘を側妃にと勧める者や、王太子様が一人の隙を見て娘を寝所に送り込もうとする強者《つわもの》までいるらしい。

もしルイス様が亡くなれば、王太子様も側室話を断ることはできない。つまり、アーロン様の娘が側室となり、ゆくゆくは彼女が産んだ子供が国王に、アーロン様が国王の祖父になるというわけだ。犯行の動機としては充分と言える。

重い空気を残したまま、改めて王太子様に感謝の言葉を告げられ私達はその場を離れた。

王太子ご夫妻のあとは国王陛下にもご挨拶。その間、私はレオンハルト様の後ろに控え、限りなく存在を消していた。

挨拶を終え、ほっと息を吐く。レオンハルト様も少し肩の力が抜けたように見えた。

「参加者、多いですね。ダグラス様もいらっしゃるのですか？」

「そうだな、どこかにいるとは思うのだが」

会場を見回す私達の前に再びハンナとエイダが現れた。手にはシャンパンを持っている。絶対高いやつだ。

「ダンス前に一仕事終えたって顔しているわよ」

エイダがグラスを渡してくれる。ハンナも持っているグラスをレオンハルト様に渡そうとしたのだけれど、それより先に横から手が伸びてきた。

「レオンハルト様は夜会で飲み物を口にしないので、これは僕が頂きます」

ダグラス様がにっこりと微笑まれ、ハンナの手からグラスを受け取る。でも口を付けることなく目線はハンナに向けられたまま。

　視線慣れしているハンナはそれをふわりと受け止めつつ優雅に口角を上げ……あの探るような目、もしかして品定めしているのでは？　ダグラス様だって充分見目麗しいお方、これは悪い癖が出るかも、と心配したのだけれど。

　ハンナはそれ以上なにも言わずあっさり一礼して退いた。珍しいこともあるものだ。

　ダグラス様は戸惑うように視線を彷徨わせていたけれど、私が声をかけるといつもの柔らかな微笑を浮かべた。

「お疲れ様。リディ、侍女姿も可憐《かれん》だけれど、ドレスもすごく似合っていて綺麗だね」

「ありがとうございます。ところでどうしてレオンハルト様はお飲みにならないのですか？」

「グラスの中に何が入っているか分からないからね」

「ああ、理解しました。それは大変ですね」

　きっと過去に色々あったのでしょう。

　美丈夫も楽じゃないのね。

「ダグラス、ちょっといいか」

　レオンハルト様が声をかけ、二人は少し離れた場所へ。

　多分アーロン様のことを伝えるんだろうな。

　非公式とはいえ、外交官なら知っておくべき情報だし。

　なので、残された私達は壁際に移動して少しおしゃべりをすることに。私はよいけれど、二人は勤務中のはず、と思わなくもないけれど、一人残されるのは心もとないのでそこは口にしない。

「あの方が氷晶の貴公子、レオンハルト様ね。数多《あまた》寄せられる釣書も令嬢からの誘いも悉《ことごと》く断っているって有名よね」

「ハンナ、それどこから聞いたの？」

「雇われ先でお嬢様付きの侍女が言っていたわ。確かレオンハルト様がまだ学生の頃、どこかの伯爵が自分の娘をぜひ婚約者にと熱心にアプローチしていたとか」

「その話なら私も聞いたことが。前侯爵様がかなり乗り気だったのよね。でも、伯爵家が度重なる自然災害と、それによる損失を補填しようとして手を広げた商売が失敗して、婚約話はなくなったらしいわ」

「エイダまで詳しいのね」

「リディが噂に疎《うと》すぎるのよ。派遣侍女なんてやっていたら貴族の婚約話や色恋沙汰なんて嫌でも耳に入るのに」

えー、派遣先で貴族の恋バナなんて、聞いたことないよ。

それにしても、色恋沙汰を避けているレオンハルト様にそんな話があったなんて。

「ハンナ、ちなみにレオンハルト様はその婚約をどう思っていたの？」

「あら、リディ、気になる？」

「別に。意外だな、って思っただけよ」

「安心しなさい。至る所から来る縁談話を掌握していたのは前侯爵様で、レオンハルト様は誰から縁談があったかさえも知らされていなかったらしいわ」

にやにやと含み笑いで二人は私を見てくる。

別に気にしたわけじゃないからねっ。

なんだか二人の視線がうるさいので、話題を変えることに。

「それにしても大規模ね。これだけ人がいたらハンナの元婚約者もいるかもよ。ずっと君を探していたなんて言われたらどうする？」

「やめてよ。二度と会わない婚約者を思い続けるなんて、執着心が強すぎて怖いわ」

「ハンナの場合、婚約者だけでなく教え子の可能性もあるわよね」

「エイダまで！　私、十八歳から家庭教師をしているのよ。それこそ教え子なんて数えきれないほどいるわ。顔だって全員覚えているか自信ないし」

ハンナが教えているのは、主に貴族学校に入学する前の十六歳未満の子供。そうなると若い時は年も近いわけで、初恋をこじらせている人がいてもおかしくない。

「男の執着心は怖い……」

私達がそう結論づけた時、背後からひゅっと息を呑む音が聞こえた。

振り返れば、話し終わったのであろうレオンハルト様とダグラス様がいる。

「婚約者であっても怖いのか……」

「教え子の顔ぐらい覚えとけよ……」

ショックを受けたようにやや呆然《ぼうぜん》とするレオンハルト様。対してダグラス様は軽く舌打ちし目が据わっている。

ところで、そろそろ挨拶も一段落してきたようで、ダンスが始まりそうな気配がする。

そう思うと、雑談で緩んだ気持ちが再び緊張してきた。

「あ、あの。レオンハルト様、もうすぐダンスですよね？　少し化粧直しに行ってきます」

「分かった。分かったがそう緊張するな」

呆れ顔のレオンハルト様にすぐに戻るからと言って、私は会場をあとにした。

化粧直しをするつもりなんてもちろんない。ちょっと気持ちを落ち着かせるために、会場の外の空気に当たりたかっただけ。

だから、適当に廊下の端で時間を潰して戻ろうと思っていたのだけれど、そこは激戦区のようでなんだか皆様お取り込み中。

耳を澄ませば途切れ途切れに聞こえる愛の囁き。

さてどうしようかな、と思っていると背後から名前を呼ばれた。

「リディ」

「はい」

振り返ると、そこに立っていたのは緩く波打つダークブラウンの髪の令嬢。仮面の下から覗く赤い瞳はカレンに違いない。まずい、普通に返事しちゃった。

「やっぱりリディだったのね？　侍女とやけに親しげに話をしている令嬢がいるから、おかしいと思ったのよ」

彼女は友人二人を連れていて、ジリジリとにじり寄ってくる。そして、周りを気にしてか、急に優しい猫撫《ねこな》で声《ごえ》を出してきた。

「こんな場所で会えるなんて思わなかったわ。庭でゆっくり話をしましょう」

赤い唇が、意地悪く弧を描く。取り巻きがさりげなく私の左右の腕に手を置いたので、心の中で舌打ちしながら私は頷いた。

庭をしばらく歩き噴水の近くでカレンは立ち止まった。さすがにダンス前に庭に出てくる人はいないのか、私達以外に人影はない。

「ねぇ、どうして平民のあなたがここにいるの？　しかも令嬢に化けて」

「そ、それは、たまたま、……倉庫でルイス様を見つけ……」

三人相手にどう立ち振る舞うのが正解なのだろう。なんとしても穏便にこの場を済ませ、早く戻らなくては。チラリと左を見れば、少し離れた場所に広間のバルコニーがあり、窓から灯りと話し声が漏れてくる。でも、そこに人影はない。

どう説明すべきか考える私に、カレンが苛立ったように詰め寄ってきた。

「見つけた褒美に、夜会に出たいとねだったのね」

「ち、違います。それは……」

カレンは私の仮面に手を伸ばすと、紐で止めていたそれをむしり取るように剥がす。

「いたっ」

強引な手つきに留《と》めていた髪飾りが一つ地面に落ち、次いで髪が数本束になって肩に落ちた。

それを見て彼女の左右にいる二人がクスクスと笑う。

「平民らしくない目ね。あら失礼。没落令嬢でしたっけ？　どちらにしてもふさわしくない色だわ。お母様は随分と奔放な方だったようね」

扇子で口元を隠しながら、フフっと嘲笑《あざわら》う。

お母様のことを言われ、私は怒りで頭がカッとなった。

「母が異国出身だからです。母を愚弄するのはやめてください」

じろっと睨む私に彼女は一瞬怯むも、一人対三人のこの状況に直ぐに気を取り直す。

「あら、そんなの分からないじゃない。あなたが殿方を垂らしこむのが上手なのは母親譲りじゃなくて？」

「おねだりが随分と上手なのね。これはシーツの上で囁いた勲章かしら」

彼女の手が私の耳に伸びてきたかと思うと、小さな痛みが走った。

「返して」

伸ばした私の右手を、別の令嬢が掴む。

「こっちはサファイアね」

右手の薬指に嵌《は》めた母の形見の指輪をカレンはねめつけてくる。

姉のデビュタントの時、母は姉にオレンジ色のマンダリンガーネットの指輪を渡していた。そして男爵家が没落した時、デビュタントで渡すつもりだったと、私にサファイアの指輪を渡してくれた。どちらも目利きの父が選んだ品だ。あの時、母の手元に残っていたのはこの指輪と、父からもらったというダイヤの指輪だけだった。

「やめて」

振り払おうとする私の腕をカレンが掴む。二人がかりで掴まれながらも、空いている左手でカレンを力任せに突き飛ばした。

「離して!!」

バシッ！

左頬に痛みが走る。カレンの扇子で思いっきりこめかみを殴られ、一瞬怯んだその隙に強引に指輪を引き抜かれた。

「返して」

「本当、節操のない女ね。こっちは誰からもらったの？　聞けば派遣侍女の名を隠《かく》れ蓑《みの》にして娼婦《しょうふ》のマネをする人もいるとか」

「私達は違うわ」

確かにそういう店もある。でも、マリアナは私達にそんな真似を絶対にさせない。それどころか、盾になり、時には屋敷に乗り込んで守ってくれる。

「それは、令嬢だった頃から私が持っていた物。私も含め、マリアナの人間はそんなことしない！　いい加減にして」

私がカレンの腕に飛びつくより一瞬早く、指輪が宙を舞い頭上を越えていった。そして、後ろにある噴水の中に小さな水音と一緒に消えていく。

「!!」

慌てて噴水の前まで走り寄り落ちたと思う場所を目を凝らし見るけれど、水面は噴き出す水で波打っていて、月明かりと窓から漏れてくる光だけではよく分からない。

「知っているかしら？　噴水って、水が溢れないようにどこかに排水溝があるのよ」

私は後ろを振り返り、三人を睨みつける。

暴れてもよいだろか。

いや、それよりも今は。

「早く探したほうがよいんじゃない？」

カレンは扇子をヒラヒラさせながら高らかに笑い声を上げると、私に背を向けた。左手にはレオンハルト様がくれたイヤリングを握っているはずだ。後を追おうと踏み出すも足が止まる。

指輪が先だ。

あれだけは、絶対に見つけなくてはいけない。

私は躊躇《ためら》うことなく靴を脱ぐと噴水の中に入った。水は背の低い私の膝ぐらいまであり、思っていたより冷たく、水面にドレスの裾が広がって底が見えない。スカートを両手でたぐり寄せ、纏めて左手で摑むと、やっと足の先が見えた。ボリュームのあるドレスではなく、マーメイドラインのドレスを選んだのが救いだったかも。

目とつま先の感触を頼りに、水の中を端から中央へと進む。噴水の水は遠くから見るとキラキラ光り繊細な弧を描いているのに、近づけば意外なほど容赦なく頭上から打ち付けてくる。エマさんがせっかく整えてくれた髪は、水の勢いに負けてどんどん崩れてきてしまった。髪飾りもいくつか落ちたと思う。

でも、そんなことどうでも良かった。

ない、

ない、

お母様。

まるで、幼い時、母を捜して屋敷中を走り回ったような心細さが蘇ってくる。顔を流れているのは水だけだろうか。

グズっ、

洟《はな》をすすり、目を凝らす。

つま先に意識を集中させても、冷たい水に感覚はどんどん鈍くなる。

それでも必死に足を動かしていると、小指あたりにコツンと何かが当たった。

手を伸ばし足に当たるそれを掴み、水中から取り出す。頭には相変わらず水飛沫《みずしぶき》がかかるけれど、気にすることすら忘れ、ゆっくりと手のひらを広げた。

「あった〜」

涙声と一緒に、安堵で胸がいっぱいになる。

指輪を握り締めた右手を左手で包むよう胸の前で重ね、ぎゅっと目を瞑《つぶ》った。見つかった、私の元に戻ってきた。不安で強張っていた体の力がゆるゆると抜けていくのが分かる。

はぁ、と一息吐《ひといきつ》く。

その後、洟をすすって、目をごしってして、

噴水出なきゃ、と口に出し呟いた。

足に絡みつくドレスに手こずりながら、強引に半回転しようとした……んだけれど。身体の回転の速さに比べ、ドレスの裾は水面を這うようにゆっくりと回転し、結果、ドレスが足にぐるりと巻きついてしまった。濡れた布はやけに肌に絡みつき、やばい、と思った時には身体がぐらりと傾いて……

「リディ!!」

倒れる瞬間に仰ぎ見たのは月。

「危ない!!」

次いでレオンハルト様の焦った顔。

低い声と水をかき分ける音が響き、私は水面ギリギリの所で抱き止められた。

「レオンハルト様……」

「大丈夫か!?」

焦燥にかられ見開かれた淡いブルーの瞳が私を覗き込んでくる。無言で頷くと、レオンハルト様は、ほっと息を吐き軽々と私を持ち上げた。

どうしてレオンハルト様がここに？

あぁ、ドレスを濡らしてしまった。

アクセサリーもいくつか落としている。

いったいどこから説明すればよいのだろう。

混乱しているうちに、レオンハルト様は私を抱きかかえたまま噴水を出て、馬車止めのほうへ早足で進んでいく。何故か私を降ろすという選択肢はないようで、恐る恐る見上げると、いつもの冷淡な顔はそこになく怒気を露《あら》わに宙を睨んでいた。

やっぱり怒っている。

ドレスまで用意してもらったのに、ダンスが始まる前にこのザマだ。無くしたアクセサリーはどうしよう。あっ、しかも私、靴を履いていない。

いろんなことがぐるぐると頭を駆け巡る中、背後から華やかな音楽が聞こえてきた。ダンスが始まったようだ。

レオンハルト様は、むすっと押し黙り馬車に乗り込むと、そこでやっと私を降ろし隣に座る。

「あ、あの、申し訳あ……」

「誰にやられた？」

私の謝罪を遮るように、苛立った声が馬車内に低く響いた。

カレンの名前を出そうかと思ったけれど呑み込む。庇っているわけではない。そんなつもりは微塵もない。

ただ、レオンハルト様に頼るのはだめだと、私自身で何とかすべきことだと思ったから。

それなのに、一度緩んだ涙腺はなかなか元には戻ってくれず、勝手にポロリと涙が流れ落ちた。

大きな手が伸び、ちょっとぎこちなく頬を拭ってくれる。

次いで指は私の左耳に触れるも、そこにイヤリングはない。

「イヤリング、申し訳ありません。ドレスも……」

「気にするな」

長い指が、固く握った私の手に優しく触れる。ゆっくり手を開くと、サファイアの指輪が馬車の窓から射《さ》し込《こ》む月明かりでキラリと光った。

「母の形見です。これが噴水に」

言葉が続かず、ずずっと洟をすする私の頭を、そうかと言ってレオンハルト様は優しく撫でてくれた。そして、そのまま自分のほうに引き寄せる。

私はされるがまま、胸に顔を埋めた。

「すまなかった」

意外な言葉をかけられ顔を上げると、淡いブルーの瞳が水気を帯び揺れながら見返してくる。

「守ってやれなかった」

その言葉に決壊するように涙がどんどん溢れてきた。ヒックヒックと嗚咽《おえつ》を漏らす私をレオンハルト様は何も言わず、抱きしめてくれる。

どうしてこんな時に優しくするの？

涙、止まんないじゃない。それにどこか懐かしく感じる。私は幼子のようにグズグズと洟をすすりながら、そんなことを思った。

ずぶ濡れで戻った私に、リチャードさんとエマさんは慌てた。レオンハルト様が湯を用意するよう命じると、使用人用の浴室ならすぐに入れるとのこと。

それで充分だと私が頷くと、エマさんが案内してくれた。

裸足《はだし》で大理石の床を歩くと冷たさが伝わってきて、頭が少しずつ冷静になってくる。

それにつれ、さっきの状況がまざまざと蘇ってきた。

私、さっき何していた？

何をされていた？

思い出して顔に血が昇る。真っ赤な頬を隠したくて両の手のひらで覆い隠すけれど、きっと指や首も赤いはず。

いやいや、あれは。

ちょっと冷静じゃなかった。普通じゃなかった。

あぁ、恥ずかしさで叫びたいぐらいだ。

急に羞恥で身悶《みもだ》えし始めたのを寒いせいだと勘違いしたエマさんは、歩くスピードを上げ、手早くドレスを脱がすと私を浴室に押し込んだ。

使用人用と聞いてはいたけれど、バスタブは足を伸ばせるほどの大きさ。湯は少し冷めていたけれど、それでも冷え切った私の身体を充分に温めてくれた。

肩までしっかりとつかり湯から上がると、バスローブだけが置かれている。

素肌にバスローブ。

私の着てきた服はどこへ行った？

頭に「？」を浮かべていると、扉を叩く音がしてエマさんが入ってきた。そしてそのまま背を押され、強引にこの前泊まった客間へと連れて行かれる。

その先にあるのは。

えーと……大きなベッド？

鏡に映る私はバスローブ姿。

……いやいや、えっ、何!?　なんでこうなる？

「あ、あの。エマさん、これは？」

「これ？　これはベッドだけれど。あぁ。ふふふ、大丈夫、あなたをこの部屋に招いたのはね」

プルプル震える指でベッドを指すと、エマさんはあらあら、といった感じで微笑む。

その時コンコン、と扉を叩く音がして侍女が一人入ってきた。手には、プリンセスラインのピンクのドレスを持っている。それをふわりとベッドに置くと、一緒に持ってきたコルセットをエマさんに手渡す。

「お母様、他に必要なものは？」

「そうね、……靴が必要だわ。アリス持ってきてちょうだい」

目元がリチャードさんとよく似ているアリスと呼ばれた侍女は「分かったわ」と言って部屋を出て行った。

「リディ、夜はまだまだこれからよ。さぁ、着替えましょう。私、あなたにはこちらのドレスのほうが似合うと思っていたの」

ピンクのドレスをふわりと持ち上げたエマさんの目はやる気に満ちている。

「……あの、どうして私はもう一度、ドレスを着るのでしょうか？」

「レオンハルト様から頼まれたからよ。あなたにとって今宵《こよい》が悲しい思い出だけにならないようにと」

「でも、今からお城に行ってもダンスに間に合わないと思うのですが……」

エマさんは私の質問には答えずにこりと笑うと、有無を言わせない態度と速さでドレスを着せていく。

靴を持ってきたアリスさんが、手早く髪をハーフアップにして、化粧をしてくれた。泣いて腫れぼったくなった目元もうまく隠してくれる。

「お母様、髪飾りは？」

「レオンハルト様にお願いしているからそのままでいいわ」

王女様付きの侍女も真っ青な手際の良さで、私は再び令嬢姿になった。

「ほら、こっちのほうが似合うわ。あなた童顔なんだから、大人っぽいドレスより可愛らしいドレスのほうがいいわ」

そういってエマさんは私を鏡の前に連れていく。確かに、自分でいうのもアレだけれど、さっきのドレスより似合っているように思う。

そのまま、エマさんは私の手を取り庭へと向かった。侯爵家の庭はとても立派で、月明かりの下で噴水がキラキラと輝き、あちらこちらに幾つもの洋灯が置かれている。

見れば、庭の木の幾つかにも洋灯が提げられ、夜風にゆらゆらと揺れながら闇夜でぼんやりと光るそれらは、周りを幻想的な雰囲気に変えていた。

「リディ」

名前を呼ばれ振り返ると、いつの間にか後ろにレオンハルト様がいる。

さっきとは違い、銀糸が混ざったグレーのタキシードを着たレオンハルト様は、胸に真っ赤なバラを差し、手にも同じ色の薔薇を一輪持っていた。

「あの……レオンハルト様、これは一体？」

「じっとしていろ」

そう言って徐《おもむろ》に私に近づくと薔薇の花を髪に挿してくれた。

正面から手を回すようにして、ハーフアップにした髪の根元に挿すので、レオンハルト様の胸の薔薇が目の前にある。摘みたての甘く豊かな香がした。

「できたぞ」

手を伸ばしそっと髪に触れればふわりと柔らかい花びらの感触。

レオンハルト様は優しい笑みを浮かべると、私の髪をさらりと撫でた。

夜の庭に静かに音楽が流れ始める。

どこで、誰が演奏しているのかと見渡せば、屋敷の入り口のダークブラウンの扉の前でエマさん達三人が楽器を奏でていた。

リチャードさんがヴァイオリン、アリスさんがヴィオラ、エマさんがチェロを奏でている。弦楽三重奏は比較的マイナーで、どちらかといえば四重奏が多い。ヴァイオリン一本少ない分、華やかさに欠けるけれど、しっとりとした演奏はこの庭の雰囲気にとても合っているように思った。

「私と踊って頂けませんか」

両足を揃え軽くお辞儀をするレオンハルト様。目をパチクリし見返すと、苦笑いされた。

「このような形になって申し訳ない。本当なら宮殿の大広間で踊る姿を見たかった。ただ、俺は今宵リディと踊るのを楽しみにしていた。ファーストダンスの相手が俺でよければ、今から一曲踊ってくれないか？」

思考回路は真っ白。

でも、この演奏が、庭が、私のためだけに用意されたものだとは理解できた。

この場所は優しさに包まれている。

苦しかった胸の奥で、温かいものが波紋のように広がっていく。

「ダンスを申し込まれた時の作法を覚えていないのか？」

いつまでも呆然とする私に、レオンハルト様が眉を下げる。

作法。姉のデビュタントが羨ましくて、私も部屋の隅で一緒にダンスの練習をした。おままごとのようなものだけれど。確か、あの時……。

記憶を頼りに、唇の両端を少し上げ頭を横に傾けるように頷く。

「それでいい」

正解だと言わんばかりの笑みを浮かべると、さらに一歩踏み出して左手で私の右手を掬い上げ、右手で腰を引き寄せた。整った顔が間近に迫る。さっきも、抱きかかえられ近くで見たけれど、今回は周りの雰囲気もありその比にならないぐらい恥ずかしい。とりあえず、目線はレオンハルト様の肩ぐらいに……と思っていたら、

「目は合わすものだと教わらなかったか？」

「……教わりました」

戸惑いながら見上げると、柔らかい眼差しがそこにあった。氷晶の貴公子でもなく、私を雇う時の悪魔のような微笑みでもない。なんだか懐かしい笑顔だった。

レオンハルト様が音楽に合わせ、足を踏み出す。私はリードに身を任せ踊り始めた。

昨晩エイダ相手に練習したけれど、ここまで上手に踊れなかった。多分レオンハルト様のリードがとても上手なのだと思う。

でも、慣れないこの状況は照れくさくて、それを誤魔化すように私はレオンハルト様に話しかけた。

「レオンハルト様が、ここまで雇用主としての責任感が強い方とは思いませんでした」

「雇用主？」

「はい、レオンハルト様の命で猫を捜した結果、夜会に招かれて。そのことに責任を感じられ、不慣れな私のためにエスコート役まで引き受けてくださったのですよね。そして、今宵は夜会に浮かれていたのに、ダンスができなかった私に同情してくださり、こんな素敵な場を用意してくださるなんて、本当にありがとうございます」

感謝の気持ちを込めて、心からお礼を言う。

それなのに、レオンハルト様にさっきまでの笑顔がない。仏頂面だ。

……私、何かまずいこと言った？

「ふーん、そうか、そうなるのか」

「あ、あの？」

「まぁ、よい。いや、よくはないが今宵はそれでよい。ところでダンスはどれほど覚えているんだ？」

どれほど……どれほどと言われましても。

「もともと、姉が練習しているのを側で真似ていたぐらいで。あ、それからスローワルツの基本だけは養母に教わりました」

その程度です、と小声で付け加える。

「……何か、その、姉のダンスを真似していた時のことで覚えていることはあるか？」

「ステップのことですか？　部屋の隅で、父の取り引き先の子供達と遊びの延長で踊っていただけなので、覚えてないですね。あっ、姉のダンスの相手をしていた父が時折姉を、こう、ふわっと持ち上げて回っていたのですが、あれは羨ましかったです」

遊び相手の男の子に頼んだけれども、二人してひっくり返ってしまった。宙に舞うドレスが綺麗で羨ましくて、練習が終わったあと父にねだってしてもらったけれど、あれはただの、たかいたかい、だ。

「これか？」

「きゃっ！」

その言葉と同時に、私の身体がふわりと持ち上げられた。高い視点から見る景色はさっきまでとは違って見える。庭の奥にある薔薇園も見えたし、噴水もさらにキラキラと輝いている気がする。

「これでよいか？」

地面に降りた私に、レオンハルト様はもう一度聞く。今度は、はい、と頷くと、満足気に目を細め、つられ私の口も自然と弧を描いた。

ワルツが次の楽章に入った。

曲調が明るくなり少しテンポが上がる。でも、レオンハルト様は難しいステップを入れてこないので、なんとかついていける。ちょっと、数回、足を踏んだけれど。

そして私はこれでも踊り子。次第にコツを掴みレオンハルト様に教えてもらいながら難しいステップもできるようになった。

「肩に手を置け」

言われるがままに手を置くと、さっきより高く持ち上げられる。

「すごい！　お庭が見渡せます!!」

見下ろすと、レオンハルト様が白い歯を覗かせ笑っていた。

そして私を持ち上げたまま、くるくると回り始める。

洋灯の光が流れ、噴水が見えたと思えば、花壇の花々が残像のように見えた。

凄い！　と子供のように笑ったのも束の間。

……えっ、ちょと待って……速い！　速すぎませんか～？

「レ、レオンハルト様。目が……」

思わず頭がぐらつく。

「ま、待て、動くな。バランスが！　わっ！」

ドタッッ!!

鈍い音と一緒に私達は地面に倒れこんだ。でも、痛くない。フラフラする頭のまま上体を起こせば真下にレオンハルト様がいた。

「申し訳ありません！　すぐに退《ど》きます」

「………くっくく」

「？」

「……ははははっっ」

可笑《おか》しくて仕方ないとばかりに額に手をあて、大きな口を開けてレオンハルト様が笑い出す。

白い歯どころか喉まで見えるくらいの屈託ない笑い。まるで子供のように顔をくしゃっとして笑うその顔を見ていると、私まで笑いが込み上げてきた。

「ふふふっ」

そのまま芝生の上に身体を投げ出すと、レオンハルト様も私のほうに向き直り、二人で顔を見合わせる。

「ははははっ」

「ふふっ　あははははっ」

たまらずお腹を抱えて笑い合った。

「あははっ、レオンハルト様、回りすぎです」

「リディが動くのが悪い、ははははっ」

時々、おでこをコツンとぶつけ合いながら、暫く私達は笑い続けた。そして、笑い疲れてゴロリと寝返り仰向けになる。

真っ暗な闇に、鈍く光る月と砂金のような無数の星。

いつの間にか音楽はやみ、広い庭には私とレオンハルト様二人。横に並び夜空を眺めている。

「すまない。俺がしっかりしていれば大広間で踊れたのに」

夜空を見上げながら呟く横顔に笑顔はない。

「ありがとうございます。最高のデビュタントです」

レオンハルト様が、首だけこちらを向かせ私を見る。辛《つら》そうなその顔に、私は心からの笑顔を向けた。

「凄く楽しかったです。レオンハルト様と踊れて、私、とても嬉しいです」

「……俺も、楽しかった。リディと踊れて」

にこりと微笑み合うと、私はもう一度空を見上げる。

「綺麗な夜空です」

「そうだな」

耳元で響く低音に胸が少しざわっとした。落ち着かないような、心地よいような、くすぐったいような不思議な感覚だ。

慣れない気持ちに戸惑っているのを隠すように、私は夜空を指差す。

「白鳥座が見えます。夏の大三角形の一つです」

「リディは、星に詳しいのか？」

「昔、一緒に遊んだ男の子が教えてくれたのです」

「男の子……名前は覚えていないのか？」

名前。

最近よく思い出すあの男の子。

喉元まで出掛かっているんだけどなぁ。

「覚えていません」

「……そうか。では、あの星の名は？」

「アルタイルです」

「ふぅん、そっちは覚えているのだな」

「へっ？」

鈍い月光に優しく照らされたレオンハルト様の横顔は、ちょっと不貞腐れているように見えた。


庭から戻った私は、服を着替え帰ろうとしたところで、エマさんに泊まっていくよう引き止められた。私サイズのナイトドレスもあるとか。なんで？

疑問を持ちながらもこの時間すでに辻馬車はなく、歩いて帰るわけにもいかない。

なので、勧められるがままお泊まりさせて頂くことに。

「お腹がすいているでしょう？　レオンハルト様の執務室に食事を用意してあるから、一緒に食べるとよいわ」

「分かりました。ありがとうございます」

「ついでに飲み物を持って行ってもらってもよいかしら」

「はい、もちろんです」

むしろそれぐらいさせて欲しい。

じゃ、お願い、と言って調理場へ向かうエマさんの後ろをついていく。エマさんは調理場につくと戸棚からオレンジ色の液体が入った瓶を二つ取り出した。

「美味しいオレンジリキュールを頂いたの。オレンジジュースもあるけれど、どちらがよいかしら」

「……リキュールでお願いします」

「ふふ、分かったわ」

いいのかな、飲んでも。

でも、グラスは二つあったからレオンハルト様も飲むわけで。

それならちょこっと、ご一緒させて頂いてもよい気が。

オレンジリキュール好きだし。

「リディ、棚からナッツを出してくれる？　それからお酒は濃く作っても大丈夫？」

「……はい。すみません、遠慮がなくて」

「いいわよ。少しシロップも入れてあげる」

エマさんが水で割るのを見ていると、かなり濃く作っていた。

ま、あとは寝るだけだしいいか。

私は戸棚に向かい、ナッツとお皿を取り出しおつまみの用意をする。

エマさんから「こっちがリディのよ」と念押しされた同じ形のグラスを二つと、おつまみをトレイに乗せ執務室へと向かう。

トントンとノックをすると、扉が開いた。自ら開けてくれたレオンハルト様の背後にあるローテーブルには、サンドイッチとスープとプディングが。さすがエマさん、分かっている！

「飲み物をお持ちいたしました」

「ありがとう、とりあえず食べよう。腹が減った」

ローテーブルを挟んで向かい合うように座る。持ってきた飲み物を置くと、レオンハルト様は相当お腹が空いていたようで、お城では見せない食欲を発揮し、お皿のサンドイッチがものすごい速さでなくなっていった。

こうしてみると、意外と表情豊かだと思う。

一緒に働くまでは仏頂面しか知らなくて表情筋がないのではと思っていたけれど、拗《す》ねたり、焦ったり、大きく口を開けて笑ったり。今も口の端にソースをつけている。子供だ。

「なんだ？」

「口元にソースがついています」

ハンカチを取り出して渡すと、きまり悪そうに受け取ってくれた。今宵の私はそんな姿すら微笑ましく思ってしまう。

「それにしてもこの部屋の机も書類でいっぱいですね。レオンハルト様はいつお休みになるのですか？」

これはもう一種の病気なのでは？

「領地のほうは、弟が赴いているので随分楽になった」

「それでもこれだけの書類があるのですね」

「ま、そうだな」

外交官の仕事に加え領主としての仕事まで。弟様が手伝ってくれているとしても、いつか倒れるんじゃないだろうかと心配になる。結婚して奥様ができたら少しは仕事も抑えるんだろうか。

「そういえば、昔伯爵家とご縁談があったと聞きました」

「ん、ぐぐっ、なんでリディがそのことを」

パンを喉に詰まらせるレオンハルト様に飲み物を手渡すと、一気に全部飲んでしまった。

「ハンナとエイダから聞きました」

「……それで、どう思った？」

どうと、言われましても。

そんな話の一つや二つ、貴族としては当たり前かな、っと。

しかも前侯爵様がご存命の時と聞けば、納得もできる。

……ってあれ、レオンハルト様？　どうして私の隣に座ってくるの？

「その話は白紙になった」

「はい、知っています」

レオンハルト様が背もたれに腕をかけたのでさらに距離が縮まる。

頬が赤く、目は潤み、身体がふわふわ揺れているような。

えっ、もしかして酔っている？

まさか、と思ってもう一つのグラスに口をつければ、それはオレンジジュースだった。

夜会でダグラス様がシャンパングラスを横から奪ったことを思い出す。

まさか、だけれど。意外すぎだけれど。下戸なの？

「もしかして酔っています？」

「酔っていない」

酔っぱらいは必ずそう言う。

「イヤリングは外したのか」

「……はい、片方だけですし。部屋に置いてありますが、お返ししたほうがよいですか？」

「構わない。あれはリディにプレゼントしたものだ。なくなった片方も再度手配する」

私の耳朶《じだ》を長い指がなぞる。ツツっという動きに触れられたところがくすぐったく熱を持つ。

これは、かなり質《たち》が悪い酔っぱらいだ。

「会えない婚約者を思い続けるのは、気持ちが悪いか？」

「はい？」

いったいどうしたっていうの？

婚約者？　あっ、もしかして夜会でハンナ達と話していたのを聞いていたのかな。

「それは、まあ、時と場合にもよると思いますが」

「リディはどうだ？」

「私、ですか？　そう言われましても婚約者なんて」

どんどんレオンハルト様が近づいてくる。待って、とのけ反ると腰を引かれそのままソファに倒れこんだ。覆いかぶさるような姿勢のレオンハルト様の手が伸びてきて、すっと髪を一束掬い上げると――口付けをされた。

「婚約者が唯一無二の特別ならば仕方ないだろう？」

「えっ……はい。えーと。そういう場合も」

この酔っぱらいは何を言っているの？

混乱する私にレオンハルト様の顔が迫ってくる。

これはまずい。

乙女の危機だ。

ペシペシと肩を叩き、頭を叩き、最後にはグーで肩を殴るも力は緩まない。

「……エマさん～!!!　助けてください！　リチャードさん!!!」

次の日の朝、二人にみっちりと怒られるレオンハルト様を横目に、私はお礼を言って屋敷をあとにした。

5．葡萄酒とリディの秘密

——ドボドボと落ちてくる葡萄酒を頭から被りながら、私は不敵な笑みを浮かべ、目の前にいる女を睨みつけた——

何故こうなったか。

時間を少しもどそう。

＊＊＊

色々あった夜会の次の日、レオンハルト様のお屋敷から直接辻馬車でお城に行き、私はいつものように朝の給仕の準備に取り掛かった。王族の方も王太子ご夫妻も朝食の時間を二時間遅らせたいとご希望されたので、皆比較的のんびりだ。

滞りなく朝の給仕を終えたところで、今度は眉を下げ困った顔をしたベティさんに呼ばれた。

「リディ、先ほど数人から体調不良で休むと連絡があったの。悪いけど夜の給仕まで残ってくれないかしら。レオンハルト様には料理長から頼んでくれるそうよ」

「……分かりました」

体調不良ね―。よいご身分だな。
昨晩はお楽しみだったのでしょう。
ハンナ達は大広間の片付けに今日も駆り出されている。あれだけの規模は一晩では片付かない。令嬢達はお休みでも、高官のおじ様方は出勤している。そりゃそうだ。彼らは奥様を連れて夜会に出席しているのでそう簡単に羽目は外せない。つまり、給仕係は少ないのに、高官の方はいつもと同じ人数がいるので昨日より忙しくなるということだ。

「ありがとう。他の人には残業を断られたから助かるわ。それでもまだ、夜の給仕係が足りないのよね」

渋い顔で腕組みをしながら呟くベティさんを見て、よい案が頭に浮かんだ。

「でしたら、大広間の後片付けにマリアナ派遣所から何人か来ています。お城での経験はありませんが、私より長く働いているベテランです。マリアナに話を通してもらえれば、彼女達の説得は私が致しますよ」

「あら、そう。あなたの口ききなら信頼できそうね。分かった、料理長に頼んで急いでマリアナに手紙を書いてもらうわ」

ベティさんはその手があったかと、パッと明るい顔をして小走りに料理長の元へと走って行った。
私はその後ろ姿を見送りながら、一人ほくそ笑む。
説得も何も、王族を間近で見ることができるお城の給仕係なら皆喜んでしたがる。今回の件の紹介料も、昨夜とは別に私に入ってくるから実に美味しい話だ。

浮かれ気分で朝食に使った食器を洗っているとカレンが出勤してきた。これには驚いて、手からお皿が滑り落ちる。絶対休むと思っていたのに。

もしかして、あれかしら。落ち込んでいる私の姿を見るために出勤してきたとか。

「おはようございます！」

「……」

あえて満面の笑みで挨拶をすると、こめかみをピクピクしてこちらを睨んできた。やっぱりそうか。そのあと、ぷいと顔を背け、今日の昼食のメニューを書いている黒板の前に立つ。普段は黒板なんて見ないくせに。

ちなみにお皿は割れていなかった。セーフだ。

昼の給仕が終わった頃、料理長に呼ばれた。

「マリアナに使いを出し、二人派遣してもらうことが決まった。人選はリディに任せる。ちょっと広間に行って話を付けてきてくれないか」

「分かりました。服はどうしましょう」

「そうだな、衣装部の知り合いに頼んでおく。予備の侍女服の二枚ぐらいあるだろう」

料理長は、じゃ頼んだぞ、と手を振り持ち場に戻って行った。

私は小走りで広間に向かうと、ハンナとエイダにもったいぶりながら話を伝える。

でも意外、二つ返事で受けてくれると思ったのにハンナが渋い顔をした。どうしたのかと首を傾げる私に対し、エイダは察するものがあるようで。

「ハンナ、もしかして過去に親しくなった人がお城勤めしているんじゃないの？」

「えっ、それって夜会で再会したってこと？」

あり得る。夜会で侍女を口説くなんて場違いなことをする人はいないだろうけれど、お城で会ったりしたら……ストーカーのでき上がりだ。

「別にエイダの言うような仲じゃないわよ。ちょっと過去の教え子に会っただけ」

「それなら問題ないじゃない」

ハンナは子供に手を出さないから、再会を喜べばよいだけのはず。なのに眉間に皺をよせ軽く頭を振る。

「私が家庭教師を始めた頃、いくつか掛け持ちしていた子供の一人なんだけれど。すっごく綺麗な顔をしていて、優しい子供で、頭もよくて。他の掛け持ちしていた子の成績がなかなか伸びなくて教え方が悪いんじゃないかって悩んでいた時も、そんなことないって励ましてくれたの。で、それを証明するからって、貴族学校の入学試験で首位をとってね。あれで家庭教師を続ける自信が持てたわ」

うん、まったくもって問題ない、よい子じゃない。

ていうか、凄くよい話。

「だったらなおさら会えばよいじゃない」

「それが、私が他の子供も教えているって知ったら焼きもち焼いちゃって。あぁいう子は独占欲が強いのよね。溺愛を望む女性なら最高の相手だと思うけれど……」

「なるほど、ハンナには不向きな相手ね」

「だから知らない振りしちゃった、ふふ」

いやいや、ふふ、じゃないし。相手が気づいていたらどうするの。

「それじゃ、この話断る？」

「うーん、でも滅多にない機会だし受けるわ。ねぇリディ、もし私がレオンハルト様の担当になった時は変わってくれる？」

どうしてレオンハルト様を避けるのかは分からないけれど、別に構わないと頷いておいた。

ところで、ハンナは誰のことを言っているんでしょう？

心当たりのまったくない私の隣で、エイダは苦笑いをしていた。


夕方頃、ハンナとエイダは侍女服に着替え厨房に来た。背の高いエイダには服の袖が少し短いらしく、さっきから左袖を引っ張っている。

二人はまず、ベティさんから今夜の流れやメニューの説明を受けた。

ベティさんは、食事を摂る人の地位や人数によって誰を何人配置するかを決める。今夜は、国王陛下と王妃陛下が二人で食事を摂られ、ローンバッド王太子ご家族とクリスティ王女様とフィアンセのセドリック様、の五名が同じ食卓に着く。

国王陛下と王太子ご夫妻との食事はすでに何度も行われているので、比較的歳の近い王族同士で気楽な晩餐を、ということになったらしい。

「ではリディが王太子ご夫妻、カレンがセドリック様とクリスティ様、ハンナがルイス様、エイダには細かな補佐をお願い」

ベティさんの言葉に、口々に「分かりました」と答える。

ちなみにこの場合、会話に使われる言葉はローンバッド国の母国語となる。地位のより高い者の母国語を使うのがマナーとなっているからだ。臨時派遣のハンナとエイダがこの給仕担当となったのは二人に語学力があったから。カレンについては分からないけれど、伯爵令嬢は侍女の中では一番高位だ。

今夜のメニューを頭の中で確認していると、料理長が私の名前を呼ぶ。

「リディ、葡萄酒倉庫の鍵を渡しておく」

そう言って私の首に鍵をかけてくれた。その様子を数メートル先からカレンが忌々しそうに睨む。

葡萄酒倉庫の鍵を渡されるということは、その給仕を仕切る人間を意味する。普通なら派遣で半年しか働いていない私ではなく、カレンが渡されるべき物なんだけれど。多分、料理長は誰が葡萄酒を盗んでいるか気づいているんだろうな。

私はちょっと優越感を覚えながら、その鍵を服の下に大事にしまった。

五人がお食事を召し上がるのは、庭に面した来賓客用のお部屋。頭上には大きなシャンデリアが煌《きら》めいている。木製の一枚板のテーブルはそれだけでも充分価値があり、五脚の椅子の背もたれにはうっとりするような細かな透かし彫りが施されていた。どれも一級品で目の保養になる品々だ。

食事は、軽い口当たりの食前酒から始まる。

ハンナが王太子妃様の後ろで頭をさげるのが視界に入った。発言が許されると、流暢なローンバッド国の言葉で、ルイス様の飲み物をどうすればよいかを聞いている。ルイス様はオレンジジュースをご所望された。私がフォローすべきことは何もない。

その様子をカレンが目尻を引き攣らせながら見ている。もしかして、彼女はローンバッド国の言葉が分からないんじゃないかな。さすがにクリスティ様達の前であからさまに顔に出すことはないけれど、壁際に戻った途端に仏頂面を浮かべていた。

晩餐は滞りなく進んでいく。湯気が立つポタージュスープに続いて、前菜は鶏ひき肉とレバーのパテだ。

でも、ルイス様はレバーが苦手のようで、あまり口にされていない。ハンナが別の物を用意するか王太子妃様に聞いていたけれど、首を振っているので不要らしい。

「ハザッド国の侍女は大変優秀ですね。気遣いもですが、発音がとても綺麗です」

「……教養のある者を厳選して雇っていますから」

王太子妃様が感心しながらおっしゃると、クリスティ様が微笑みながらお答えになった。

ちょっと間があったけれど。

多分、いや、絶対、クリスティ様は侍女の選別方法など知らない。でも堂々と答えればそれなりに形になるものだ。

「そうですか。ではそちらの侍女も話せるのかしら？」

王太子妃様の目線の先には、壁際で葡萄酒のコルクを開けているエイダがいる。葡萄酒はさっき王太子様が指名された銘柄だ。エイダは一礼すると、少しだけ訛《なま》りのある発音で答えた。

「はい、ただ私は日常会話ほどです」

「貴族学校を卒業したの？」

「いえ、芸術アカデミーを卒業しました」

貴族の令嬢令息が主に通うのは貴族学校だ。しかし、それ以外に騎士養成に力を入れたアカデミーと芸術アカデミーがある。騎士アカデミーは令息のみ入学が可能で、卒業後は幹部候補として騎士団に入る、いわば騎士のエリートコースだ。

芸術アカデミーは音楽科や絵画科等複数の専攻に分かれている。卒業後は国営の団体に入るか、令嬢なら卒業したという箔《はく》をつけて高位貴族に嫁ぐ者が多い。

エイダは普段は武闘派だけれど、夜の宴では時折ピアノを弾くこともある。学生時代はかなりの腕前だったらしいけれど、古傷のせいで長時間弾くと左手の薬指と小指が痺れるので、ピアニストとして生計を立てるのは諦めたらしい。

「あらそうでしたの。それでしたら、この部屋にはピアノがありますわ。是非一曲弾いてみて」

クリスティ様が無邪気に無茶振りをなさる。事前練習もしないまま、いきなり王族の前で弾けなんて意地悪ともとれるけれど、この人の場合悪意のない我儘だ。

婚約者のセドリック様が窘めようとされるけれど、この二人の場合、クリスティ様の意見が常に尊重される。今回もセドリック様の言葉は退けられた。

「かしこまりました。随分腕も落ち、お聞き苦しい箇所があるかもしれませんがそれで宜しければ」

エイダは完璧な侍女の笑顔で慌てることなく答えると、ピアノに向かった。さすが、度胸がある。カレンとすれ違う時、カレンの唇が動いていたから、嫌味のひとつぐらい言われたのだと思うけれど、それでもエイダは眉一つ動かさなかった。

うん、見習おう。私なら絶対顔に出ていた。

エイダの演奏は、有名な音楽家の演奏を聴き慣れている王族を充分に満足させるものだった。異口同音に述べられた賛辞に、エイダは謙遜しながら笑顔で応える。

凄いなぁ、と感心しながらカレンを見ると憮然《ぶぜん》とした顔をしていた。

平民の侍女ばかりが持て囃されているのが気に食わないらしい。顰めた眉の角度がどんどん鋭角になっていく。

これはなんだか面倒事になりそうな予感がする。

最後のデザートを出し、後はお茶だけとなった頃、話題はルイス様が飼っている黒猫に移っていた。

さっきまでの難しい国の話に退屈していたルイス様は目をキラキラされ、いかに愛猫が可愛いかを語っている。クリスティ様が質問をされ、ルイス様が嬉々として答えるのを、王太子ご夫妻が優しく見守った。

時折、セドリック様がルイス様に嫉妬を含んだ視線を送り、やたらクリスティ様の手や髪に触れるので、王太子ご夫妻は困り顔で含み笑いをしていたけれど。

七歳児相手に何をやっているんだか……。

私は会話を聞きながら、飲みかけの葡萄酒の瓶を隅のテーブルに並べていく。料理ごとに葡萄酒の種類も変えて出した。その上、途中で数種類の飲み比べもされたので、飲みかけの瓶がずらりとテーブルに並んでいる。

なんて素敵な光景！

どれを持って帰ろう!!

水筒ひとつじゃ足りないな。

ハンナ達を見るとスッと親指を立ててきた。

よし、水筒は三つ確保だ！

「お母様、ニットを連れて来てもいい？　またどこかに行かないか心配なんだ」

「だめよ、ルイス。今食事中だから……」

「いえ、気になさらないでください。わたくしもニットに会いたいですし、後はデザートとお茶だけです」

クリスティ様の楽しそうな様子を見て、王太子様がルイス様付きの侍女を呼んで猫を連れてくるように言った。どうやら晩餐はまだ終わらないみたいだ。

デザートのお皿を下げた頃を見計らったかのように、侍女に抱かれてニットが連れてこられた。

いつもと違う雰囲気に毛を逆立てているように見えるけれど、……大丈夫か、これ。

侍女はルイス様の膝の上にニットを置くと、部屋の隅へと下がる。

「ルイス様、お近くに行ってもよろしいでしょうか」

「はい、ニットが驚かないようにゆっくりお願いします」

クリスティ様は席を立ち、ルイス様の膝の上のニットに手を伸ばす。トロトロのお顔で可愛い、と繰り返し呟きながら撫でているので、本当に猫がお好きなのだろう。

「ニットを抱っこしてもよいですか？」

無邪気な笑顔にルイス様は少し躊躇《ためら》いながらニットを見る。

「……僕以外の人にあまり懐かないですが、大丈夫ですか」

「無理なようでしたらすぐにルイス様にお返しします」

それでもまだ迷っていたようだけれど「少しだけ」と念押しして、ルイス様はクリスティ様の腕にそっと猫を抱かせた。

「あぁ、可愛らしい。軽くて、柔らかくて……キャァァ!!」

ニットはクリスティ様に抱かれるのが嫌だったみたいで、その腕から逃れるように勢いよく飛び跳ねた。クリスティ様の右耳を引っ掻きながら肩を越えると一回転して着地する。

それを見たルイス様が猫を捕まえようとして椅子から転げ落ち、王太子妃様と侍女が抱き起こした。

捕まえようとしゃがみ込んだハンナの背に飛び乗り、テーブルの上を縦断してカレンの頭に着地する。カレンが悲鳴をあげて両手をバタつかせるものだから、猫はさらに興奮してしまう。ピョンと飛び降り、床やテーブルを駆け巡り食器をなぎ倒した挙句、やっとエイダが捕まえその場は収まった。ちなみに騒ぎの最中一度だけ外の護衛が何ごとかと扉を開け、ニットが外へ飛び出そうとしたけれど、私が体当たりで扉を閉めた。陰の功労者だ。

大人数の人が、はぁ、と大きく息を吐き汗を拭う。

いや、もう。なんていうか。

テーブルの上はぐちゃぐちゃ。

椅子も転がっているし。

とりあえず、棒立ちになっているカレンは無視して、この惨状をなんとかしなきゃ。

エイダがルイス様に猫を渡し、素早く椅子を直す。

その間に私はテーブルを片付け、割れたカップをワゴンに乗せて廊下に出した。

ハンナは布巾でセドリック様のズボンの裾についた紅茶を拭き取っている。テーブルの上にあったのが紅茶だけだったのが不幸中の幸いだ。

これはもうお開きだな、

そう思った時。

「ない！　ないわ!!」

今度は甲高い声が部屋中に響いた。

「クリスティ、どうしたのだ？　そんなに慌てて」

「あぁ、セドリック様。貴方《あなた》から先日頂いたイヤリングがないの」

クリスティ様が右耳を触りながら、セドリック様に訴える。反対の左耳には真っ赤なルビーのイヤリングが揺れていた。

おいおい。これ以上の面倒事は止めてよぉ、と思ったのは私だけじゃないはず。ハンナとエイダが眉を顰めて私を見てきた。

……いや、私を睨まれても困るんだけれど。

二人の口が「どうにかしろ！」と形作るのを見て、仕方なく私はクリスティ様に歩み寄る。

「クリスティ様、お召し物のフリルの上や隙間にイヤリングが紛れ込んでいないか確認いたします」

「そうね。分かったわ」

今日着ていらっしゃるドレスは、赤いフリルが幾重にも重なったデザインだ。私はフリルを一枚一枚捲りながら、イヤリングを捜す。ハンナはテーブルを拭きながら、エイダは床を拭きながら捜している。

セドリック様が、王太子ご夫妻に退席を促してくださったのは、とても助かった。でも、暫く捜し続けてもイヤリングは見つからない。ドレスにも、テーブルにも、床にもない。

嫌な予感が脳裏を掠めた。

「あなた達の誰かが盗んだのでしょう？」

棘《とげ》のある冷ややかな言葉が室内に響く。

皆が一斉に声のするほうを見ると、カレンが忌々しげに私達を睨《ね》めつけていた。

あぁ、どうしてこういう予感はいつも当たるのだろう。

「それは何か根拠があっての発言ですの？」

クリスティ様の声が、跪《ひざまず》きドレスのフリルに手を掛ける私の頭上から聞こえた。

「はい、この三人の侍女は街の派遣所から来た平民、つまりこの場には分不相応な人達です。派遣されてきた侍女達に屋敷の物を盗まれた、という話をよく耳に致しますので、まずは彼女達を調べてはいかがでしょうか」

そこで一度言葉を区切ると、私達三人に順番に目線を送ってくる。

「身体検査をされてはいかがでしょうか？　念入りに」

その場は静まり返った。見上げると、クリスティ様もその可能性について思案しているよう。

確かにこの場にいる人間で平民は私達三人だけだし、手癖の悪い派遣侍女がいるのも事実。でも、だからといって一纏《ひとまと》めにしないで欲しいと思う――思うのだけれど、人間とは往々にしてそういう部分がある。

私達に向けられる視線の温度が下がっていくのを肌で感じた。この場合の身体検査となれば、下着の中まで確認される。検査するのは衛兵だろうか。無骨な男の手で全身を弄《まさぐ》られると考えると、背中に冷や汗が滲んだ。

しんと静まり返った部屋に、扉をノックする音が響く。

「失礼致します」

入ってきたのはレオンハルト様。息が荒いところを見ると走って来たようだ。

意外な人物の登場に、クリスティ様が首を傾げながら声をかける。

「エルムドア侯爵、どうしましたか？」

「先ほど、ルイス様が来られましてクリスティ様のイヤリングが紛失したと聞きました。そこにいるリディは私が個人的に翻訳を頼んでいる侍女です。雇用主として気になり顔を出したのですが……まだ見つからないのですか？」

レオンハルト様は室内に流れる微妙な空気に気づいたようで、視線を二人の王族に向けた。

私は跪いたまま目だけ動かし室内の様子を窺うと、飲みかけの葡萄酒が並んだテーブルの前でカレンが両手を前に固く組んでいる。

何とかしなきゃ。

私だけじゃなく、ハンナやエイダまで巻き込んでしまった。

私達は盗んでいない。

とすれば、考えられることはひとつ。

——カレンが盗んだ。

では、イヤリングはどこにあるの？　カレンが持っている？　でも彼女自身も身体検査をされる可能性はある。もちろん、令嬢である彼女は私達と違って、女性の前で服を脱ぐ程度だろうけれど。

そう考えると、持っている可能性は低い。だとすると……。

室内を見回す私の視界に、ある物が入った。

しかもカレンをよく見れば、時折視線をそちらに向けている。

「……分かった、あの中ね」

ポツリと呟いた私の声に、クリスティ様のドレスが微かに揺れた。

隠し場所は分かった。問題はそこに隠したのがカレンだと、どうやって証明するかだ。

言い逃れができないよう、追い詰めてやる。

ゆっくりとカレンに近づきながら、同時にレオンハルト様に目配せをする。

私の意図をどこまで汲《く》み取《と》ってくれるかは不明だけれど、何かをしようとしているのは分かってくれたみたい。

「どうして私達だけ調べられなければいけないの？　盗んだ可能性があるのはカレンさん、あなたも同じはずでは？」

「ふっ、私は伯爵家の人間よ。あなた達平民の派遣侍女と一緒にしないでもらいたいわ」

「確かに私達は平民ですが、だからといって盗んだと決めつけられるのは不本意です」

私が言い返すとは思っていなかったみたいで、カレンは一瞬たじろいだ。でもすぐにいつもの調子を取り戻し、蔑《さげす》むように見下ろしてくる。

「あら、男性に取り入り欲しいものをねだるあなたなら、どさくさに紛れてイヤリングの一つぐらいくすねても不思議はないと思うのは当然のことでは」

この人はどこまでいってもそういう考え方しかできないんだな。

別によいけれど、なんて思われようと。

私が大切に思っている人達が私のことを理解してくれていればそれで充分。そして、カレンは今、そんな大切な私の友人をも傷つけようとしている。それが許せなかった。

すっとカレンの傍に近寄ると、彼女にだけに聞こえる小声で囁く。

「平民の私達が異国の言葉を話せたり、演奏できるのがそんなにも羨ましいの？」

私の言葉にカレンはカッと顔を赤らめ、目を吊り上げた。

少し煽っただけで淑女の仮面はあっさり剝がれ、大きな声で私を罵倒し始める。

「馬鹿にしないで！　そっちこそ落ちぶれた負け犬じゃない!!」

令嬢らしくない言葉を吐き出しながら、カレンは私を突き飛ばした。

私はわざと体勢を崩した振りをして、数歩よろめく。そして、

「きゃっー!!」

そのまま大袈裟な声を上げ、壁際の机目掛けて倒れ込んだ。そのあとは床に倒れ動けないふりをする。

よし、迫真の演技だ。

そう思ってハンナを見ると首を振られた。

えっ？　ダメだった？

エイダも額に手を当て下を向いている。

……ち、ちょっと、何、その反応。

いろいろ気にはなるけれど、今更引き下がれないのでこのまま突き進んでやる。

テーブルの上に置かれた葡萄酒はドミノ倒しのように次々と傾き、転がっていく。幾つかは落ちて割れ、床に赤紫の水溜まりを作った。

横倒しになった葡萄酒の口からも、赤紫の液体が床に流れ落ちる。


ドボドボと落ちてくる葡萄酒を頭から被りながら、私は不敵な笑みを浮かべ、目の前にいる女を睨みつけた。

「ねぇ、カレンさん。あなたどうしてその葡萄酒だけ腕に抱えたの？」

カレンは私がテーブルにぶつかった瞬間、慌てて手を伸ばし、ずらりと並べられた葡萄酒から一つだけを腕に抱えた。まるでそれが、彼女にとって特別であるかのように。

「そ、それは……これが高価な葡萄酒だからよ！」

私は床に転がる葡萄酒の瓶をひとつ手に取る。

「あら、値段ならこちらのほうが高いわよ」

「……!!　手前、そうよ、咄嗟《とっさ》に手前の葡萄酒に手を伸ばしたのよ！」

噛み付かんばかりの勢いでカレンは反論する。その上ずった甲高い声が疑惑を深めることを知らないのだろうか。

たくさんの葡萄酒が倒れ、床に転がり割れている。酸味のきいたアルコールの匂いが部屋に充満していく。

その中で、溢れた液体をチャプっと踏む音が聞こえた。すぐ後ろに人の気配がする。

見なくても誰か分かってしまう。

身分の高い人からの援護射撃はありがたく、頭上から響く低音は心強かった。

「今、手にしている葡萄酒は、机の奥にあったぞ。お前が身を乗り出しそれを手にするのを俺は見た」

「レ、レオンハルト様。何で……そんなことは……」

私は濡れた床に手をつき立ち上がりカレンに近づくと、大事に抱えている葡萄酒の瓶に手を伸ばし奪おうとした。でも、それに気づいたカレンが身を捻り、さらに葡萄酒を抱え込む。

「どうして？　その葡萄酒がそんなに大事なのですか？」

「あ、あなたのような平民の人間が手にしてよい品物じゃないわ」

後退《あとずさ》りするカレンの目線は私に向けられている。だから、背後に誰がいるかなんて気づいていない。

気配を消したエイダが近づき、一瞬の隙をついてカレンの腕を掴むと捻り上げた。小さな悲鳴と、痛いという声が聞こえ、同時に葡萄酒が腕をすり抜け床に落ち砕け散る音が響く。

広がる赤紫の液体の中から現れたのは、
葡萄酒の色とよく似た赤いルビーのイヤリング。

「葡萄酒の中に入れて部屋から持ち出そうとしていたのですね。その後はどうするつもりだったの。何《なに》喰《く》わぬ顔でポケットに入れてお城を出る？　葡萄酒の瓶にパンを被せ瓶ごと持ち出す？　それとも更衣室にある私の鞄に忍ばせ犯人にでっちあげるつもりでしたか？」

頭から被った葡萄酒が、髪を伝い肩に落ちてくる。早くこの場を立ち去らなくては。私が使っている染料はアルコールで落ちる。このままでは、本来の髪の色に戻ってしまう。

レオンハルト様が衛兵を呼びに扉に向かった。もう逃げようがないのに、エイダに腕を掴まれたままの姿勢でカレンは私を睨みつける。

「はっ、上手くレオンハルト様に取り入ったわね！　これだから下賤《げせん》の女は怖いのよ。平気で身を投げ出し貴族に取り入る。落ちぶれて、自分で稼がなきゃいけない哀れな女だから生きて行くためならなんだってやる。あんただけじゃない。私の後ろにいる女も、その赤髪の女も。あなた達はそういう生き方しかできないんだから!!」

バシッ
右手に熱い痛みが走る。

左頬を赤くしたカレンが一瞬呆然とした後、殴った私を睨みつけてきた。

「図星ね。平気で人を殴るなんてやっぱり下賤の女だわ」

「あんただって、扇子で私を殴ったじゃない」

自分の声とは思えない低い声が出てきた。

全身の血が逆流するようで熱い。

怒りで拳を強く握る。

自分のことだけじゃない。

ハンナやエイダを馬鹿にされたのが、自分でもびっくりするぐらい腹が立った。

「甘い声で囁き自分をよりよい環境で養ってくれる令息を探しているのは、あなたのほうじゃない。私達は誰かに頼って生きるより、自分の足で立つことを望んだの。だから媚びを売ることも、身を売ることも、不本意な求婚を受けることもしないわ」

この髪と目を目当てに幾人もの貴族が求婚を申し込んできた。愛人を含めると数えきれないぐらいだ。ハンナもエイダも嫁ぐ選択肢は持っていた。でも選ばなかった。

「私達は自分の力で生きていける。だから誇りを持ってこの生き方を選んだの」

はぁはぁ、と息をつく。

上下する肩を細い指が優しく包んでくれた。甘い花の匂い、ハンナだ。いつの間にか怒りで涙が溢れていて袖で拭うと、鼻水も出ているわ、とハンカチを貸してくれた。

ハンカチで鼻を押さえると、ばさっと頭から何かがかけられる。

何をかけられたのだろうと思うと同時に、視界にレオンハルト様の上着の袖が目に入った。

「髪の色が落ちてきている。それを被っていろ」

はっと髪を見れば、黒い染料の下からブロンドの髪がところどころ見えている。私は慌てて髪を上着で隠した。

「カレン。別室でゆっくり説明を聞こうか」

その言葉にカレンの顔に絶望が浮かぶ。

「どうして、どうしてリディなのですか？」

「どういう意味だ」

「あなたの傍にいるのは私だったはず。それなのにどうして、たかが派遣侍女のリディを傍に置くのですか？」

　どういうこと、とレオンハルト様を見れば眉間に皺をよせ険しい顔をしている。

「昔、義父から伯爵家の令嬢との縁談がほぼ決まりそうだと聞いたことがあったが。もしかしてその相手というのが……」

「はい。実家の領地経営がうまくいかず話は立ち消えとなりましたが、私はお会いできるのをずっと楽しみにしていたのです。だから、お城の侍女になれば会えると思って……」

　令嬢でありながら侍女として働くのは珍しくない。でもカレンのような伯爵家のご令嬢は少数。もしかするとカレンが葡萄酒を盗んでいたのはそれを売ってお金に換えていたのかもしれない。

　縁談の相手がカレンだったなら、レオンハルト様にやけに執着していたわけも、一緒に働き始めた私へのあたりが強かったことも納得ができる。許せるかは別だけれど。

「でも今更どうしてこんなことをしたんだ？」

「それは……。今までレオンハルト様はどの令嬢も傍に寄せなかったではないですか。それなら仕方ないと諦めもついたのに。よりによって平民の派遣侍女を雇い近くに置くなんて」

「だからリディを陥れようとしたのか」

　低い声は自身を責めるようにも聞こえる。レオンハルト様はぎゅっと唇を噛み、辛そうに目線を下げた。

衛兵がカレンに近づき、腕を摑む。カレンはもう抵抗することなくそれに従った。

「その女を牢に連れて行きなさい」

凛《りん》とした口調でクリスティ様が命じると、衛兵はカレンを連れて部屋を出て行った。

それを見届けると、今度はレオンハルト様に視線を向ける。

「エルムドア侯爵、その侍女は退席をさせて。明日詳しく話を聞きましょう」

普段の甘やかされた王女様とは思えない、王族らしい振る舞い。レオンハルト様が「はい」と答えると軽く頷きセドリック様とともに部屋をあとにされた。

「リディ、ここは私とエイダで片づけるからあなたは帰ったほうがいいわ」

ハンナが身をかがめ私を覗き込む。

「では任せた。リディ、俺と一緒に来い」

私より先に答えたレオンハルト様に手を引かれ、二人を残したまま部屋を出る。そのままお城の廊下を早足で通りぬけ、馬車に乗せられた。

このパターン、行き先はレオンハルト様のお屋敷だろうな。

そして、この展開何度目だ？　と冷静に考える自分に少し驚く。

それは、馬車の中でもずっとレオンハルト様が隣にいてくれたことと、関係あるのだろうか。


「あらあら、今回は凄いわね」

「いつも申し訳ありません」

私の姿を見て、エマさんが目を丸くする。二度あることは三度あるっていうけれど、恥ずかしくてできることなら消えてしまいたい。

一度目は泥だらけ、二度目は全身ずぶ濡れ、そして今回は葡萄酒の赤と毛染めの黒でぐちゃぐちゃだ。

馬車内でレオンハルト様の上着を取ると、べったりと二色の汚れがマーブル模様のように付着していた。

とりあえず馬車の座席や、隣に座るレオンハルト様のシャツを汚してはいけない。これ以上の被害は防がなくては。そう考えた結果、着けていた白いエプロンを外しそれで頭をぐるぐると覆った。そんな私の姿は大変奇妙なものだったのだろう。レオンハルト様がグホッと声を上げ吹き出し、その後は目線を窓の外に向けていた。その肩は馬車の揺れとは関係なく揺れていたけれど。

「……とりあえず、お風呂ね」

「……はい」

エマさんはさすがだ。頭をエプロンで包んだ私を見ても動じない。……いや、違うな。手を組んでいるふりをしてお腹を押さえている。肩も微妙に上下している。

そういえば、この一週間ほどで三回レオンハルト様のお屋敷のお風呂を借りている。しかも今回は、朝レオンハルト様のお屋敷から出勤し、夜にはこのざま、どう考えてもあり得ない。

とは言っても、お風呂に入るしかないこの状況。今回も遠慮なく借りることに。もちろん、エマさん達が使っている浴室のほうを、だ。

温かな湯気が立ち込める浴室で、まず髪と身体を洗う。葡萄酒の匂いと、赤黒く濁った水がタイル張りの床の排水溝に吸い込まれていく。水が濁らなくなるまでしっかり洗ってから、熱い湯に肩まで浸かった。

纏め損ねた髪がはらりと落ち、湯に浮かぶ。

金色に輝くそれを私は人差し指と親指で摘み上げた。

「説明、すべきよね……」

私に上着を被せた時のレオンハルト様の表情は見ていない。だけど慌てることなく冷静だったと思う。

馬車の中でも何も聞かれなかった。でも、だからといって、何も言わないわけにはいかない。

今まで、この髪と目に執着する人を何人も見てきた。親切で優しいと思っていた人が、私の髪を一束掬い上げ、目尻に触れながら「愛人にならないか、君と同じ髪と目の子供ができたら金をやるよ」と言ってきたこともある。

レオンハルト様はそんなことないと信じているけれど、この姿で会うのは少し怖い。

どうか、髪に触れてきませんように。

そう願いながら浴室を出ると、水色のワンピースがハンガーにかかっていた。

小さな白い襟に、胸元には紺色のリボン、白いカフスには紺色の花が一つ刺繍されている。スカート丈は私の身長にぴったりだ。

そのワンピースには見覚えがあった。レオンハルト様に連れて行ってもらった服屋で見た物だ。

汚れが目立つから、と選ばなかった服。着てみたいと私が言った服。

どうして、これがここにあるのだろう。しかも私のサイズに直されて。一着だけでは残業代として少ないと思われたのだろうか。

庶民と金銭感覚が違う人だ。

うん、きっとそうだ。

さすがお金持ちは違うなぁ。

そんなことを考えながらワンピースを着て、私はレオンハルト様が待つ部屋へエマさんと一緒に向かった。

案内されたのは、執務室。相変わらず机の上には書類が積み上げられている。

ローテーブルには軽食と、今宵はお酒ではなくティーセットが置かれていた。私は促されるままレオンハルト様の向かい側に座る。

「レオンハルト様、この度はご迷惑をおかけして申し訳ありませんでした。もし、私の言動のせいでレオンハルト様にまでお咎《とが》めがあるようなら、首にしてくだ……」

「いや、その必要はない」

言葉途中できっぱりと否定された。

「それよりも謝罪すべきは俺のほうだ。この前の夜会でリディを水浸しにしたのもカレンだったのだろう？」

「はい。あの時ご説明しておけばよかったですね」

そうすれば、少なくとも今宵の事件は防げたと思う。

「あの、レオンハルト様とカレンさんって……」

「学生時代に義父が俺に婚約者をあてがおうとし、幾人かが候補に挙がりそして立ち消えとなったことがあった」

「カレンさんがレオンハルト様の給仕をすることもありましたよね」

「あったが、姿絵も見ず名前も聞かなかったので、気づくことができなかった」

「名前すら聞かなかったのですか？」

「エルムドア侯爵家の跡取りとして結婚は仕方ないと思いつつ、承服しかね、投げやりになっていた時期だったからな。結局、誰とも話が纏まらないまま義父は他界したので、他に誰と縁談話があったのか今となっては確認の仕様がない」

深いため息を一つ。それでなくても何人、いや何十人ものご令嬢がレオンハルト様の傍を望み玉砕していったというのに、カレンのように婚約話が上がった令嬢が何人いるか分からないなんて、私はどれだけ恨まれるのか。……うん、考えるのはよしとこう。

「あの、それで、カレンさんはどうなるのでしょうか？」

「王族のイヤリングを盗んだのだ。罪は軽くない。伯爵家の財産難は危機的ゆえ爵位剥奪もありえるだろうな。しかし考えようによっては、貴族という立場になりふり構わずしがみつくよりそのほうがよいかもしれない」

「そうですね。私自身男爵から平民になりましたが、平民だからといって不幸と決まったわけではありません」

マリアナ派遣所には私のような境遇の人が沢山いる。でも、皆が泣いて暮らしているわけではなく、平民ゆえの自由を楽しみ前向きに生きている。それはきっとマリアナが私達を守ってくれているからで。カレンも別の生き方を見つけられたらいいな、と思う。

「それからリディ、聞きたいことがあるのだが」

「はい」

やっぱりその質問きますよね。誰だって、ワインを被って髪の毛が黒からブロンドに変わったらびっくりしますもの。

さて、どう説明しようかな、と考えていると。

「誰に求婚されたんだ？」

「…………はい？」

えーと。何のことでしょうか？

目をパチクリする私の隣にレオンハルト様が座ってきた。昨晩を思い出し反射的に身構える。

「さっき言っていただろう？　不本意な求婚は断ったと」

「あぁ、はい。昔そのようなことが何回か……」

「何回もだと？　いったい何人に求婚されたんだ？」

「……えっ！」

そこ？　そこ大事なとこなの？　他に聞くことあるでしょう？

急に言われても何人だったかな？　皆、私の髪と瞳にだけ興味がある人ばかりで碌《ろく》に覚えてもいないし、メリッサが断った話もいくつかある。この場合、愛人は数に入れなくてよいのだろうか？　とりあえず覚えている範囲で指を折り、折った指を全て広げ、もう一度折り始めると、

「……もうよい」

絞り出すようにレオンハルト様が言い、同時に指折り数えていた私の手をぎゅっと握った。

「断ったんだよな、全員」

「はい」

小首を傾げる私を淡いブルーの瞳が見下ろす。見下ろされるのはもう慣れた。でも、その瞳がいつもと違う熱を帯びているように感じる。

レオンハルト様は空いているもう一つの手で、私のブロンドの髪を愛おしそうに撫でると、ロイヤルブルーの瞳をじっと見ながら目尻に触れた。その瞳の熱が次第に増していく。

「なら、俺が名乗りをあげてもよいか？」

……すっと、頭から凍り水を浴びたように、全身の血が冷めた。

カレンに罵られた時とは真逆だ。

失望と怒りが胸の中に湧き上がってくる。それと同時に締め付けられるような苦しさも。

「……そんなに、この髪と目が欲しいですか？」

ブロンドの髪を握りしめ、ロイヤルブルーの瞳でレオンハルト様を睨みつける。

違うと思っていた。レオンハルト様だけは、目を隠し、髪を染めた私を必要としてくれた。髪と

目以外で価値を見つけてくれたことが――私は嬉しかったんだ。

悔しくて涙がポロポロと溢れ落ちた。それをなかったことにしたくて、袖でグイッと拭う。でも、悔しい事に水色の服についた涙は、染みのように濃く広がりなかったことにはしてくれない。

「失礼します」

それなら、いっそ退席してしまえと席を立つ。無礼だけれど、失礼なことを先に言ったのはレオンハルト様だ。

「ち、ちょっと待ってくれ。リディ。誤解だ！　俺はそんなつもりはなくて……」

「皆、そう言います」

「リディ、話を聞いて」

部屋を出ていこうとする私の腕を、レオンハルト様が強く掴む。

「何が違うのですか？　皆、そうでした。ブロンドの髪とロイヤルブルーの瞳を持つ子供が欲しいだけ。自分達の体裁のため、エゴのため、見栄のため。誰も私を見ていないし、私を必要としていない。私は子供を産む道具じゃない!!」

貴族ならそういう生き方が当たり前かもしれない。でも、私は嫌だった。だからその人生を選ばなかった。

「……何人のヤツがリディにそんなことを言ったんだ？」

怒気を含んだ声音にビクリとなる。その目には明らかに憤怒《ふんぬ》の色が浮かんでいた。

「レオンハルト様……？」

「俺は今も昔も、髪や目の色でリディを判断したことはない」

ゆっくりと、でも力強い口調で私にそう告げる。

「今も……昔？」

首を傾げる私に今度は眉を下げ困ったような顔をした。

その顔が誰かと重なる。

もう少しで思い出せそう。

あれは……。

「リディアンナ・ワグナー」

「！！！」

数年振りに呼ばれた本名に息が止まりそうになった。今や反逆者となったラングナード辺境伯と親しかったワグナー男爵。その令嬢だと知っているのはマリアナ派遣所でも数人だ。

「リディは名前と一緒に記憶まで失《な》くしたのか？」

「レオンハルト様……？」

「レオだ。お前は俺のことをそう呼んでいた」

……レオ。

懐かしい響きを感じるその名を口にした途端、走馬灯のように過去の景色が蘇ってくる。ワグナーの屋敷はいつも客人がいて賑やかだった。同じ年頃の子供も沢山いて、子供だけのお泊まり会も

した。……あれは嵐の夜、

「雷が鳴って……レオは怯えている私の耳をずっと塞いでくれた。抱きしめてくれて、大丈夫だって言って」

「もう、塞ぐ必要はなかったみたいだがな」

　苦笑いを浮かべながら、こめかみを人差し指で掻くその仕草は照れ臭い時によくしていた。

「用意してくれたドレス、どちらもピンク色でした」

「リディが言ったんだぞ？　デビュタントはピンクのドレスがよいと」

「部屋の隅でダンスの練習を……」

「あぁ、一緒にしたな。あの時はリディを持ち上げられなくて二人してひっくり返ったが、……今なら何度でも持ち上げられる」

　その悪戯っ子のような笑顔、知っている。

　どうして今まで忘れていたのだろう。

　両親を亡くし、姉と離れ、一人になった。思い出すのは家族と過ごした日々が殆どで。時折、一緒に遊んだ友人を思い出しても、名前はすっかり忘れていた。

「レオ……ンハルト様はいつから気づいていたのですか？」

　今までと変わらない名で呼ぶと、少し寂しそうな顔をしながら前髪に触れられた。

「気づいたのは前髪を切った時だ。現れた瞳が記憶の中のものと同じで驚いた。リディは何も覚えていないのか？」

「一緒に遊びましたよね。……あっ、階段の手すりに跨《またが》って、こうススッーって」

「あー、うん。そうだな、でも思い出して欲しいのはそれじゃない」

それじゃない？

では何のこと？

カエルをコップに入れて侍女を脅かしたり、シーツを結んで二階から脱出ごっこをしたり。一度思い出すと数珠繋《じゅずつな》ぎに色々思い出が出てくる。あとは……。

「うん、リディ。多分そういうことでもない」

何も言っていないのに、私の考えが分かったらしい。そしてなんだかガッカリしていらっしゃる。

「一度、同じ年頃の男の子が集められ、お茶会をしたのを覚えていないか？」

「……あぁ！　ありました。七歳ぐらいでしょうか？　どうして男の子ばかり、と思いました」

「あの時、ワグナー男爵がリディに『この中で一番好きなのは誰だ』と聞いただろう？」

一番好きな人。

そうだ、聞かれた。

思い出した。

好きな人と言われてもピンとこなくて、口をへの字にした私を母が手招きし、耳元で囁いたんだ。

「一緒にいて楽しい人よ。優しくてリディを大切にしてくれる人は誰？」と。

その時、目の端に映ったのは、空になった私のデザートの皿と、プディングが載った自分の皿を交換しているレオ。私と目が合うと、にこりと笑ってくれたっけ。

……優しい……大切……。

そうだった！

だから、私は、

「レオ、と答えました」

「そうだ、リディが俺を婚約者に選んだ」

とても満足そうに頷きながらレオンハルト様が衝撃の事実を打ち明ける。

え？　婚約者？　確かにいたし、レオという名前だった気もしなくはないけれど。

「!!　ち、ちょっと待ってください！　私が選んだのですか？　両親は七歳児にそんな大切なことを決めさせたのですか!?」

だとしたら、デザートにつられ「レオ」と言ってしまうなんて、私は何ということをしてしまったのか。

いや、そもそも、七歳児に婚約者を選ばせるのが無茶すぎる。

多分、集められた子供の親は全て商売上大切な人だったのだろう。お父様が選べばしこりを残す可能性があるから、最終的な判断を私に任せたのだと思うけれど。

駄目だよ。

子供なんて。

プディングひとつで決めちゃうんだから。

子供の気まぐれを真に受けて両親が婚約者を決めてしまった。いや、婚約とはそもそも親が勝手に決めるものだし、候補者は両親が選んだのだから、結局私は両親の手のひらで踊らされただけなのかもしれないけれど。

「も、申し訳ありません！　簡単に買収されてしまいました」

「ちょっと待て。今、人聞きの悪い単語が聞こえてきたぞ」

「でも、レオンハルト様、ご安心ください！」

私はレオンハルト様の肩にポンと手を置き励ます。

「婚約の契約は貴族の慣習です。私が平民の今、無効となっています!!」

「…………………」

長い沈黙。

長すぎる沈黙。

そして、レオンハルト様は何故かとてもしょっぱい顔をされた。

はて、どうしてでしょう？

顔に生気がありません。

魂が抜けているようにも見えるけれど。

……ま、いっか。

それよりあの味だ！

「昔、レオンハルト様がいつも持ってきてくださっていたプディングを作ったのは、もしかしてエマさんですか」

「あぁ」

私の問いに、がっくりと肩を落としたままボソリと呟かれる。

この屋敷で食べたプディングが、記憶の中の味と似ていると思った理由が分かった。

それから、ずっと不思議だったエマさんの私への態度。侍女に対するものにしては随分親切で優しいと思っていたけれど、彼女は私を知っていたんだ。

懐かしい思いが胸に広がる。

「レオンハルト様、私、エマさんにも思い出したことを伝えてきます！」

心ここにあらずのレオンハルト様を置いて、私はブロンドの髪を揺らしエマさんの元へと向かった。

6. イヤリングが暴いた真実

朝、いつも通りに厨房に向かうと、料理長に手招きされた。隣には初めて見る二十代半ばの栗色の髪の侍女がいる。

「リディ、こっちはサラだ。二週間ほど早く復帰してもらうことになった」

「……復帰、ですか」

では、私はどうなるのでしょう。

言葉をなくし棒立ちになった私に、料理長は苦笑いを浮かべた。

「心配するな。リディの契約は延長の予定だ」

「!!　本当ですか!?　ありがとうございます！」

「だがなぁ……あのお方が何とおっしゃるか。このままリディを引き抜きそうだしな」

ぴょんと飛び跳ねた私に対し、料理長は眉間に皺を寄せながら宙を睨む。そして、私を調理場の隅に連れていくと声を潜めた。

「実は三名、令嬢を首にすることになった」

「……それは、昨日の騒ぎが関係していますよね？」

「あぁ、昨日、帰ろうとしたところを呼び戻されてな。城の人事を纏める偉いさんから質問攻めにあったんだ。で、カレンも含め目星がついていた葡萄酒泥棒を全員首にすることになった。……あ、あぁ、そう青くなるな。水筒は見逃すと言っただろう。ただ、これからは止めておけ」

料理長に分かったな、と目で念押しされ、私は何度も頷く。

あぁ、これからは飲めないのかぁ。美味しかったなぁ。

大変残念だ。

「それで、サラが戻ってきてもまだ人が足りない。昨日手伝いに来ていた侍女達にこれからも来てもらうことはできないか？　優秀だとクリスティ様が誉《ほ》めていらしたらしい」

……ハンナとエイダのことね。

昨晩、寮に戻ってからのやり取りを思い出す。

帰って部屋で髪を染めていると、激しく扉を叩かれた。返事をする前に部屋に入ってきた二人は私を見るなり、がっくりと項垂《うなだ》れ「なぜ帰って来たの！」と問い詰めてくる。

えっ、帰ってくるよ。私の家ここだもん。キョトンとしてそう答えると、二人は目を合わせため息をつきながら首を振った。

それからは根掘り葉掘り聞かれ、何故か呆れられ、最終的には笑われた。

そして、お城の給仕係は人間関係が面倒だと悪態ついて部屋から出て行った。

「料理長、あの二人は家庭教師や護衛の仕事があるので毎日ここに来るのは無理です。でも、マリアナ派遣所には彼女達以外にも侯爵家や伯爵家で侍女経験のある者もいますので、彼女達を派遣できないか聞きましょうか？」

「おぅ、そうしてくれるか、助かるよ。できれば至急頼みたいので手紙を書いてくれないか。書き終わったら俺に渡してくれ、すぐにマリアナ派遣所に届けさせる」

「分かりました」

私がどうなるかは気になるところだけれど、とりあえずマリアナに手紙を書いて、料理長に手渡す。

そのあとは給仕の仕事をして、気がつけばレオンハルト様の執務室に行く時間になっていた。

バタバタと着替えて、タッタッと階段を駆け上がり、バタンと執務室の部屋を開けると誰もいなかった。珍しいなと思っていると隣の部屋と繋がっている扉が開き、ぐったりとした様子のダグラス様が出て来る。

「あぁ、リディ。やっと来てくれた」

「？　申し訳ありません。でも時間通りかと思うのですが……」

ダグラス様は小首を傾げる私の腕を取り、半分引《ひ》き摺《ず》るようにして隣の部屋へと向かう。訳も分からず部屋に入った私は、

「……へっ！」

思わず間抜けな声を出し、慌てて頭を下げる。

ソファには、黄色いドレス姿で優雅にお茶を飲んでいるクリスティ様。ローテーブルを挟んでその向かいにレオンハルト様が座っている。

「待っていたわ！　リディ」

クリスティ様は立ち上がると、私に駆け寄り手を握ってくる。そして、目をキラキラさせ、一緒にお茶をしようと言い出した。

突然のことに意味が分からず目を白黒させていると、強引にソファに座らされる。

あれ？　ここはさっきまでレオンハルト様が座っていた場所。では、レオンハルト様はどこへ行った？　と見れば、背中越しに手を振りながら扉の向こうへ消えて行った。

えっ？　丸投げですか？

放置ですか？

せめて説明してください。

頭の中が「？」でいっぱいの私の前で、クリスティ様は実に優雅な所作でお茶を飲む。

こちらから話しかけるわけにもいかず、私はその姿を身体を固くしながらしばし眺めた。

「エルムドア侯爵はあなたを呼びに行くと何度も言ったのですが、仕事の邪魔をしては悪いと、こちらで待っておりましたの」

「左様でございますか。大変お待たせ致しまして申し訳ございません」

「いいのよ。エルムドア侯爵とダグラスが話し相手になってくれたわ」

それであんなに疲れていたのね。あとでお茶でも淹《い》れてあげよう。

「それで私にご用とは何でしょうか？」

「ええ、昨日の一件はとても見事だったわ。よく葡萄酒の中にイヤリングがあると分かりましたね。

それで、そんなに優れた侍女ならわたくしの傍に置きたいと話をしに来たのです。しかし、エルムドア侯爵から断られてしまいました。何でも、翻訳の仕事が大変気に入っているとか。ただ、わたくしとしては、直接あなたの気持ちを聞きたくて待っていたのです」

にっこり微笑まれる姿は誰かさんと違って天使の様だけれど、発する言葉は悪魔より恐ろしい。

私は深々と頭を下げた。

「申し訳ありませんが、私は翻訳の仕事を……天職、だと思っております。ですので、侍女のお話は辞退させて頂きたいです」

「そうですか、大変残念ですが分かりました。エルムドア侯爵もあなたを買っているようですし、この件は諦めることにしましょう」

レオンハルト様が事前に断ってくれていたおかげで、クリスティ様は意外なほどあっさりと納得してくれた。執務室に戻ったらお茶だけでなくお菓子も用意してあげよう。

これで終わりと安心したのも束の間、クリスティ様は部屋の隅に控えていた侍女を呼ぶと、小さな箱を二つ持ってこさせローテーブルに置いた。赤色と緑色の箱だ。

まず赤い箱が私の前に置かれる。

「こちらはイヤリングを見つけてくれたお礼の品よ」

箱を受け取り蓋を開けると、中には綺麗なバラの模様が彫られた金の懐中時計が入っていた。

「エルムドア侯爵は仕事ばかりしているでしょう。あれに付き合っていたら身体を壊してしまうわ。あなたは時間になったら帰りなさい」

「ありがとうございます」

少し小ぶりな懐中時計はワンピースのポケットにも収まりがよさそう。そして売ったら足がつきそうだから恐ろしくて質屋には持っていけない。高く売れそうなのに。

「それと、もう一つ。ちょっとこちらも見てもらいたいの」

時計の値段を鑑定している私に気づくことなく、クリスティ様は今度は緑の箱をローテーブルの中央に置かれた。

嫌な予感がする。

嫌な予感しかしない。

逃げてもよいだろうか。


——やはり逃げるのは無理だった。

クリスティ様がパカッと開けた箱の中にはルビーのイヤリングが二つ。昨日クリスティ様が着けていたものだ。でも、この二つ、明らかに色が違う。

ルビーは色が濃ければ濃いほど価値が高くなる。片方は真っ赤な一級品。しかし、もう一方は色が薄く二級品といったところだろう。価値としては一級品の半分。それでも私のお給金の数ヶ月分はあるけれど。

なるほどね。

あれがもう市場に出回っていたのか。

「あの紛失騒ぎが起きるまで、この二つは同じ色でしたわ。これがどういうことか分かる？」

「……はい。こちらのイヤリングは二つとも、もとは薄い赤色をした二級品だったと思われます。ではどうしてこのようになったか、ですが口で説明するよりも実際に見て頂いたほうが宜しいかと。濃い赤色のイヤリングを元の色に戻しても宜しいでしょうか？」

「許可します。今すぐできるかしら」

「はい」

私はクリスティ様に一礼をしてから部屋を出て調理場に向かうと、運よくスープをかき混ぜている料理長を見つけた。

「料理長、一番安いアルコールを頂けますか？　できれば透明な物がよいです」

「…………リディ、安ければ、罪にならない、ということは、ないぞ」

私の肩に手を置きずいっと顔を近づけると、まるで幼子に言い聞かせるように、一言一言丁寧に区切って発音する。

いやいや、この人、私を何だと思っているんだ。

そんな馬鹿ではないぞ？

思わず冷めた目で睨みそうになる。

「あの、料理長。少し訳があってクリスティ様がご入用なのです。飲むわけではないので安いアルコールで充分です」

「クリスティ様？　飲まない？　お前……もう少し上手い言い訳を……」

「レオンハルト様に頼まれました!!」

あぁ、もう面倒くさい。

全部レオンハルト様のせいにしちゃえ。

差し障りはないだろうし、たとえあってもよいと思う。

それでも料理長は躊躇っていたけれど、最終的には調理場の下の戸棚から使いかけの料理用葡萄酒を取り出してくれた。白葡萄酒だ。

「これでいいか？　料理用の使いかけだが、街では高級な部類だぞ」

「はい。ありがとうございます」

使いかけだろうが、アルコールであれば問題ない。

白葡萄酒とグラスを持って戻ると、扉の前でレオンハルト様が待っていた。

「それでイヤリングの色の違いを説明できるのか？」

「立ち聞きされていたのですね。気になるならレオンハルト様も一緒にご覧になりますか？」

「ああ、そうしよう」

今日は珍しく暇なんですね。面白いことを見つけたとばかりに私のあとに付いて来たレオンハルト様に、心の中で愚痴る。

部屋に入ると、ローテーブルにグラスを置き、白葡萄酒を半分ぐらい注いだ。

「アルコールであればお酒の種類は何でもよいです。ただ、アルコール度数が高いほうが反応はよいかと」

私は濃い色のイヤリングを手に取り、クリスティ様の許可をもらって白葡萄酒の中に入れた。

ぽちゃん、と小さな音がしてイヤリングは沈んでいく。

アルコール度数はそこそこあるようで、反応はすぐに現れた。

「なんてことかしら……イヤリングの周りの葡萄酒が赤く染まっていきますわ」

「イヤリングについていた染料が抜け出したのです」

クリスティ様はグラスを手に取り、葡萄酒の色が変わる様子をじっとご覧になる。

「ローンバッド国に、素材を問わず鮮やかに染められる染料があります。少し前まではあまり知られていなかったのですが、最近ハザッド国内にも出回るようになりました。様々な商人が取り扱いを始めています」

半年前、踊り子として行った宴を思い出す。あの時は布地の染め物問屋と宝石商が熱心に話を聞いていた。

「では、これはその染料で染められた宝石というわけか」

レオンハルト様が腕組みをして唸る。

まがい物が市場に出回っているわけだから、大きな事案でしょう。

しかもそれが異国から輸入された染料が原因となれば、外交官のレオンハルト様の仕事にも関わってくる。

「他の宝石店でも使われている可能性はあると思います」

私の言葉に、レオンハルト様はさらにむむっと難しい顔をした。

対して、クリスティ様はとても感心されたご様子で、やはり自分の侍女にならないかとおっしゃられる。だけれどレオンハルト様がキッパリ、スッパリと断ってくれた。

不敬罪にならないか？　とこっちが心配になるほどの潔さだった。

イヤリングが二級品だったことに対し気分を害するかな、と思ったけれどクリスティ様は意外と冷静で。うーん、と暫くその二つを眺めると、何かを思いついたような表情を浮かべ「分かりました。ではわたくしはこれで」とあっさりお帰りになった。

嵐が通り過ぎたような部屋で、私とレオンハルト様は並んでソファの背もたれに身体を預け、深いため息をつく。

いやもう。本当疲れた。

多分三十分ぐらいの出来事だと思うのだけれど、精神的ダメージが半端ない。

もう帰りたい。

「リディの髪もその染料で染めているのか？」

「はい。マリアナが用意してくれます」

前髪をちょっと掴み上目遣いでそれを見る。昨日急いで染めたけれど、ちゃんと染まっているようだ。

「それにしても、髪染めに使われている染料が宝石にも使われているとよく思い至ったな」

「ああ、それでしたら、半年前に開かれた宴でちょっと耳にしたのです。その染料について、やけに熱心に聞いていた宝石商がいましたから記憶に残っていました」

「宴？」

「はい、ご存知ありませんか？　貴族の屋敷で時々行われています」

公の夜会にも滅多に出席されない人だから、誘われることもないと思うけれど、噂ぐらいはご存知のはず。

「貴族達が親しい者を呼び、宴を開いているのは知っている。女を呼び酌をさせ、なんならその後……」

「マリアナでは酌しかさせません！」

「そうなのか？」

「はい、あとは踊るぐらいです」

レオンハルト様は眉間に皺を寄せ、踊るだけ、と繰り返す。

「踊りといっても、夜会でするようなダンスではありませんよ。元旅役者だったマリアナから教わった異国の踊りを皆の前で披露するのです」

「リディも踊るのか？」

「はい。異国の服を着て踊っています。私、結構人気なのですよ」

「それは、どんな服だ？」

声がどんどん低く不機嫌になっていくのは気のせいでしょうか。

「スリットの入ったスカートで」

「……」

「上の服は肩や胸元が開いていて」

「…………」

「おへそが出ています」

「…………はぁ!?　そんな破廉恥な格好をしているのか!?」

「破廉恥じゃありません。異国の踊り子の服です！」

むっとして答える私を、レオンハルト様は肩をワナワナと震わせ見下ろしてくる。

「これからも着るのか？」

「はい、お給金よいですし。マリアナにはお世話になっていますからご指名があれば行きます」

「……チッ、宴禁止令でも出すか」

うん？　今舌打ちが聞こえた気が。

まさかね、レオンハルト様は侯爵様なんだからそんなことしないですよね。

「そんなに金が必要なのか？」

身も蓋もない言い方で聞いてくる。

こうも直球で聞かれたら誤魔化す気も失《う》せるというもの。

「……夢があるんです。私、いつかワグナー商会を再開させたいと思っているんです」

「商会を、か？」

「はい。父のように、世界を巡りその土地でしか買えない物を買い付け、それを異国で売りたいのです」

「リディは一人でそれをやるつもりなのか？」

「もちろん大きすぎる目標なのは分かっています。ですから、とりあえずは異国から買い付けた品を売る店を開きたいと思っています。今はその買い付け資金と開店資金を貯めています」

思わず言葉に熱が入ってしまう。

レオンハルト様は始めは驚いた様子だったけれど、真剣な顔で詳しく話すよう仰られて。

それがなんだか嬉しくて、ついつい色々話をしてしまった。

＊＊＊

次の日、目が覚めたらもう太陽は頭の上にあった。

休みだからと寝すぎてしまったようだ。

でも、この一週間の密度が濃すぎて、まだ寝ていたいぐらい。

二度寝したいなぁ、と思っていると、お腹がグゥーと鳴った。その音で空腹感が増してきて、睡眠欲より食欲に軍配が上がる。

とりあえず着替えようと、備え付けのクローゼットを開ければ、その中は服でいっぱいになっていた。レオンハルト様は水色のワンピースの他に、紺色や黄色の服も買ってくれていて、私のいないうちにそれらは部屋へと届けられていた。

残業代だとしても、やはり侯爵家の金銭感覚は庶民とずれている。

今まであまり着たことがない黄色のワンピースは、ノースリーブ。下に白いブラウスを着てからワンピースに袖を通す。白いブラウスは襟に淡いピンクで小花が刺繍されていて、ワンピースは裾に白いフリルが付いていた。

錆びた鉄枠の鏡の前でクルリと一回転してから私は一階へと向かった。

一階はマリアナ夫婦の部屋と台所、食堂がある。食堂には大きなダイニングテーブルと椅子が八脚あって、食事はここで食べても、自室で食べてもよいことになっている。

「リディ、今起きたのかい？　おや、その服どうしたんだい？」

マリアナが、私の着ている服を珍しそうに見て聞いてくる。

「レオンハルト様が頑張ったご褒美にくれたの。ねぇマリアナ、朝食まだある？」

「おやおや、何言ってんの。もうすぐ昼だよ。昼食のスープなら、もうできて鍋に入っているから食べていいよ」

はぁい、と答えて台所に行くと、マリアナの夫のコーディンがいた。

「今から食事か？　それなら少し早いが俺達も食べることにしよう。リディ、皿を三人分持ってきてくれないか」

銀色の髪に白髪が少し交じり始めた中老の彼は、鳶色の瞳を柔らかく細め片手を私に差し出す。

私はお皿を渡し、パンを用意することに。

ダイニングテーブルに着くと、三人で食事を始めた。私の前にはマリアナ、その隣にコーディンが座る。

「マリアナから聞いたが、城から契約延長の話がきたそうだな」

「まだ予定だけれどね。でも、レオンハルト様からは延長するって聞いているわ」

「あら、良かったじゃない。書類を用意するから明日持っていきなさい」

スープにはじゃがいもや肉の切れ端がゴロっと入っていた。ただ煮込んだだけのように見えるのに、いつも凄く美味しい。

せっかく新しい服を着たし街に出掛けようかと考えていると、激しく扉を叩く音がした。出ようとしたマリアナをコーディンが軽く制し扉の前に立つ。彼、普段は優しい目をしているのに、時々ゾッとするような鋭い目をする時がある。

「誰だい？」

目とは裏腹に、普段と変わらない柔らかな声を出す。

「ダグラス・シュートンです。リディと会いたいのですが」

ダグラス様？

どうする、と目で聞いてくるコーディンに頷き返し席を立つ。

扉を開けると、そこには額に汗を浮かべたダグラス様がいた。

「リディ、休みの日にすまない。ちょっと今から来てくれないか？」

「どちらにですか？」

「デートに、と言いたいところだが、城に来て欲しい」

……あっ、なんか嫌な予感がする。

寒くないのに背中がブルッてしたし。

コーディンが「断ってもよいぞ」って、隣で呟いてくれるけれど、ダグラス様の縋《すが》るような目を無視するのは忍びない。

「……分かりました。伺います」

「そうか！　ありがとう。あっ、食事中だった？　馬車でパン食べてもいいよ」

心底ほっとした顔をするダグラス様と一緒に、私は食事を途中で切り上げ馬車に乗る。お行儀が悪いけれど、パンとマリアナが水筒に入れてくれたスープを食べながら、ダグラス様の話を聞くことにした。

「実はクリスティ様が、昨日お部屋に戻られてからすぐに王都の宝石商達に手紙を書いたようで……」

――想像の斜め上を行く話に、私は食べることを忘れ、気がついたらお城の門を潜っていた。

「あぁ、リディ、来てくれたか」

レオンハルト様が眉を下げながら私を見てほっと息を吐いた。それとは反対に私の顔は強張っている。

「あの、いったいどうして、このような事態になるのでしょうか」

普段は食事に使う広間のテーブルに十人の男性が座っている。服装から子爵、男爵、豪商に見える彼らの前には箱が置かれていて、中にはネックレスや指輪、宝石の原石がずらりと並んでいた。

共通しているのは、全てルビーかサファイア。色が濃いほど、価値が上がる宝石だ。

「あら、リディ。あなたも来たのね」

扇子を片手に、優雅な仕草で私を振り返るクリスティ様は、どことなく楽しそうに見える。

「クリスティ様、これはいったいどういうことでしょうか」

「丁度良かったわ。セドリック様がイヤリングをお求めになった宝石商は捕らえたけれど、他にもいるかもしれないでしょう？　だから、王都の宝石商を呼び集めたのよ」

ち、ちょっと待って……もしかして、もしかすると。

「ここにある宝石全てを葡萄酒に漬けるおつもりですか？」

「もちろんそのつもりよ。だって、リディ言ったじゃない、あの染料を使っている宝石商が他にもいるって」

ピシャ、と空気が凍る音がした。恐る恐る首を動かすと、十人の宝石商が私を睨んでいる。それはもう、今にも摑みかからんばかりの勢いで。

そりゃ、他にいるかもとは言ったわよ。でも、それを調べるためにこんな手を使うとは思わなかったんだもん。

ていうか、衛兵使おうよ。

どうしてクリスティ様自ら立ち会おうとするの？

もしかして、あれかしら。

昨日私がやって見せたことが面白くて、自分もしたいと思ったとか？

…………子供か!?

多分、ここにいる宝石商達は、クリスティ様から宝石を持ってこいと言われ、嬉々として一級品を持ってお城に来たのだろう。

それなのに、持って来た最高級の宝石が本物か調べるから葡萄酒に漬けろなんて言われて、はいそうですかと納得するはずがない。

「クリスティ様、我が宝石店は代々王室の御用達《ごようたし》。そのような悪どいことはしておりません」

「クリスティ様!! 私どもは新参者ゆえ、信頼が一番。決して悪事に手を染めておりません! どうかご理解ください」

「あら、そんなの宝石を葡萄酒に漬ければ分かるじゃない? どうして嫌がるの?」

心底不思議そうに口にした言葉に、商人達は顔を見合わせ眉を吊り上げる。

当たり前だ。手元にあるのは売り物。磨き上げ、触れる時は手袋を使い指の跡がつかないよう細心の注意を払いながら扱っている商品だ。それをそんなふうにぞんざいに扱うのは、いくらクリスティ様といえども許しがたいこと。

そうなると、解決方法は一つしかないわけで。私はおずおずと進言することに。

「クリスティ様、畏れながら、それは少し乱暴なやり方ではないでしょうか」

「あら、そういうものなの? でも他に方法がないわ」

「いえ、方法ならあります」

断言した私にクリスティ様は愛らしい瞳をパチリ。次いで持っていた扇子を閉じきらきらした笑顔を向けてきた。

「分かりました、ではその方法でいたしましょう。わたくし、あなたの言うことなら信頼できるわ。それでどういう方法なの？」

可愛く小首を傾げるクリスティ様から感じるのは、溢れんばかりの信頼。いったい何をもって平民の侍女をここまで慕えるのか、まったく心当たりがない。期待を込められた視線にたじろぎつつも、ここまで来ては引き下がれないと私はぐっと拳を握った。


誰だ、お前は。平民のくせに。

口には出さずとも計二十個の目玉から罵詈雑言《ばりぞうごん》が聞こえてくる。部屋の隅にいるレオンハルト様は不安そうに私を見ていた。

クリスティ様はといえば、何が起こるか楽しみといった表情。彼女は私をなんだと思っているのだろう。

最後に、ダグラス様に目をやれば、無の表情で壁を見つめていた。ちっ、優男はいざという時役に立たないようだ。

十人の商人の前にある箱には七から十個ほどの宝石が並ぶ。私はそれらをゆっくりと眺めながら、彼らが座るテーブルをぐるりと一周した。

……うん、できそうな気がする。

「クリスティ様、まずは私にこれらの宝石の鑑定をさせてください。そして、私が染色していると判断した宝石だけを葡萄酒に浸してください」

私の言葉に宝石商からどよめきが起きた。

「おい！　ちょっと待て。平民の娘の判断で高価な宝石を葡萄酒漬けにしろというのか？　もし、お前が染めていると言ったにもかかわらず、小細工のしていない宝石だったらどうするつもりだ？」

「そうだ！　小娘の言葉ひとつで大事な商品を酒浸しにできるか！」

もう出るわ出るわ、今まで溜《た》まっていた不満が私に向けてここぞとばかりに飛んでくる。こっちだって好きで出張ってきたわけではないし、一級品の宝石を汚さないようにと気遣っての提案なのに。いわば、私はあなた達の味方ですが？

でも、そんなこと言っても聞く耳持たないのだろうな。どうしよう。他によい案、あるかなぁ。

「……それならば」

張りのある低い低音に商人達の声がピタリと止んだ。

「その娘の間違いで酒浸しになった一級品の宝石は、レオンハルト・エルムドアが買い取ろう。それなら文句あるまい」

その鋭い視線に気圧《けお》されたかのように場は鎮まり、そして次第に囁き声が聞こえてきた。

「エルムドア侯爵だぞ」

「財力でいえば公爵にも匹敵する」

「考えようによっては、今まで繋がりのなかったエルムドア侯爵と縁ができるってことか」

商人達の目の色が分かりやすく変わっていく。険しかった目に商人独特の狡猾《こうかつ》な光が宿ってきた。

私は、いつの間にか隣にいるレオンハルト様にそっと聞く。

「あの、よいのですか？　あんなこと言って」

「構わん。お前の審美眼は幼い時から傍で見て知っている。そうだ、全部当てたら、エマにプディングを山ほど作らせよう。どうだ、やる気が出ただろう？」

レオンハルト様が私の耳元で囁く。あぁ、なんて。

「……いまだかつてないぐらい、私の身も心も溶かすような甘美な響きがします」

「あぁ、そ、そうか……では、それを超える口説き文句を俺は考えなくてはいけないんだな。……いやそこを目標にしてよいのか？」

なんか、ぶつぶつ言っているレオンハルト様はとりあえず置いといて。

俄然《がぜん》やる気がでてきた私は宝石商達を前に、不敵に微笑んだ。

窓辺に小さな机と椅子、白い手袋とルーペを用意してもらい、私は全ての宝石の鑑定を始めることに。

それを背後のテーブルから宝石商達が覗き込むようにして見てくる。

「その染料の噂は聞いたことがあるが、俺達でも簡単に見分けが付かないらしいぞ」

「そうらしいな。じっくりと時間をかけたら分かるかもしれないが……」

「おい！　お前、何で俺の箱を覗き見るんだ。これは全部本物だぞ!!」

ガヤガヤと宝石商達の声がする。

始めは皆さんで鑑定しあえば、と提案しようと思ったけれど、貶《おとし》めたり、裏で手を組む商人がい

るかもしれないと思ってやめた。結局揉《も》めるだけで埒《らち》が明かなそうだし。

私はサファイアのネックレスを手にとり、光に翳《かざ》す。カットの角度とそれによる光の反射、彩度。染めれば必ずどこかに違和感が出る。

一人目、二人目は本物だった。でも、三人目は。

「レオンハルト様、このネックレスを葡萄酒に入れてください」

私が手渡したネックレスを、レオンハルト様は皆の前で白葡萄酒が入ったグラスに入れた。すると、ネックレスから青い色が滲み出て、白葡萄酒が青に変わっていく。

おぅ、とどよめきが宝石商の口から漏れた。

三人目の宝石商は顔を青くしブルブル震えている。いや、彼だけではない。隅に座った腹の出た宝石商の顔には脂汗が滲んでいる。

他の宝石商が蔑んだ目で彼を見ている中、私は構うことなく四人目に取り掛かった。


合計八十個以上の宝石の鑑定を終えたのは、夕暮れ近い頃だった。

一つ五分として六時間以上。途中何度か休憩をとったので、今は六時ぐらいだろうか。

結局、不正を働いていたのは三人の宝石商だった。ただ、街の宝石店を全て回ればその数倍はいくだろう。

……でも、そこまでは知らないぞ。私はやるべきことはした！

「よくやった。正直、二つ、三つぐらいは買い取るだろうと思っていた」

「目が疲れました。父に百個宝石を並べられ、日が暮れるまでに鑑定しろと言われたことを思い出しました」

ショボショボする目を押さえると奥がズキズキするし、頭もぼぅっとして思考回路はストップだ。早く帰りたい。

「リディ！　凄いですわ！　わたくし感激いたしました!!」

クリスティ様は、私の手を取り満面の笑みを浮かべた。その瞳に敬愛の色が浮かんでいる気がするのは、きっと私が疲れているからだ。うん、そう思っておこう。

「宝石商のあなたを見る目が、どんどん変わっていったわ。初めは小娘がって馬鹿にしていたのに、最後はあなたを店に引き込もうとスカウトし始めるのですもの」

なぜか自慢気に語るクリスティ様。

そして、私、スカウトされていたんだ。鑑定が終わった後、やたら話しかけられていたけれど、ぼうっとしていたから覚えていないや。

「ねぇ、夕食を一緒に食べましょう！　あなたの分も用意させるわ」

「いえ、煌びやかな物ばかり見て疲れました。今夜はチーズと干し肉を肴《さかな》に、葡萄酒の瓶に口をつけて呑みたい……」

「リディ!!」

レオンハルト様に肘を突かれハッと我に返る。

しまった、疲れのあまり素で答えてしまった。

「あ、あの、クリスティ様、申し訳ございません。私、疲れていて、失礼なことを申し……」

「そんな葡萄酒の呑み方があるのですね！　存じ上げませんでしたわ。わたくし、ちょっと試してみます」

そう言うと、宝石の選別に使った葡萄酒の瓶を手に取った。軽く揺すり中身があることを確認すると、そのまま口をつけようとする。

「だ、駄目です！　クリスティ様がそんな呑み方をされては!!」

「あら？　リディもこうやって呑むのでしょう」

「私は平民ですから。クリスティ様にそのような呑み方を教えたとなれば、私が処罰されます」

「そうなの？　大丈夫だと思いますけれど、リディがそう言うならやめておくわ」

そう言ってテーブルに戻された葡萄酒のラベルは北の倉庫にある一級品。

ちょっと待って、こんな上等な葡萄酒に宝石を沈めていたの？　アルコールなら何でもよいのに。

「そうだ、葡萄酒が好きなら、宝石の鑑定をしてくれたお礼に北にある葡萄酒倉庫から好きなものを何本か持って帰ればいいわ。地下の倉庫のワインを勝手に呑んで怒られたことがあるけれど、北の倉庫のワインならわたくしの采配で問題ないもの。料理長にはわたくしの名で話を通しておくので、あとで鍵をもらいにいってね」

「えっ、私が勝手に選んでよいのですか」

「ええ。給仕係なら場所は分かるでしょう」

はい、分かりますとも。そこにどれだけの極上品が並んでいるのかも。

「エルムドア侯爵、宝石を偽造した三人の宝石商を衛兵に渡し、染料の入手経路などを詳しく聞き出すよう伝えなさい。あとのことは任せましたよ」

「畏《かしこ》まりました」

クリスティ様は「ではまた」と私にだけ微笑まれ、部屋を出ていかれた。

また、はなくてよいと思う。心底そう願う。

残された私とレオンハルト様は顔を見合わせ、はぁ、とため息をついた。

……あっ、ダグラス様もいたんですね。疲れたって顔して仲間に入ろうとしていますけど、何もしていませんよね？

好きなお酒を幾つでも選んでいい。

なんて素敵な響きなの。

いや、もう、目の疲れとか、様々な要因からの精神的疲労とか吹っ飛んじゃった。

今頃、商人達の取り調べを衛兵と一緒にしているレオンハルト様とダグラス様を思うと、ちょっぴり申し訳ないけれど、私はスキップを踏みながらお城の北にある葡萄酒倉庫へ向かう。

本来なら衛兵だけで取り調べをすればよいのだけれど、なぜかレオンハルト様も立ち会うらしい。

本当、仕事好きだな。

最近思うのだけれど、レオンハルト様はご自分で仕事を増やしているのではないかしら？

責任感が強く中途半端なことができないから、あれやこれやを背負い込んでいる節がある。ま、そういう人がいるからほどよく手を抜く私が存在できるわけで。

そんなことを考えながら歩いていると、どんどんすれ違う人が減ってきた。

葡萄酒倉庫付近は今日も人がいない。

首からかけた鍵で鉄の扉を開けると、ヒヤリとした空気が肌に触れた。入り口付近のカンテラと持ってきたカンテラ両方に灯りを灯《とも》す。

「何本でもよいって言われてもねぇ」

やはり世の中には常識というものがあるわけで。

いろんなお屋敷で働いたおかげで、自分ではその辺りの匙加減は割と身に付いているほうだと思っている。

「三本は多いかな」

クリスティ様なら気にしないと思うけれど、お付きの侍女達の目もある。同じ侍女だけに彼女達の反感を買うのは避けたいところ。

ということで、二本選ぶことに。

倉庫整理をしているから、どこに何があるかも分かっているし、お父様に教わって銘柄も価値も知っている。

暗い倉庫の中を照らすのは二つのカンテラの弱い光だけ。棚は入り口側から奥へと向かって数列伸びているけれど、私は迷うことなく一番奥に向かい、その列の真ん中あたりにあるお目当てのワインを手にする。

「あった。これこれ」

三十年前のもので、この年は葡萄の質は良かったけれど収穫量が少なかったせいで、造られた葡萄酒が極端に少ない

手に取ると、黄ばんだラベルと年季の入ったボトルがいかにもそれっぽい。ハンナとエイダ、喜ぶだろうな。美味しい葡萄酒は気心知れた人と呑むのが一番よね。

さてもう一本は何にしよう、と隣の棚に目を移すとよく知った銘柄が目に飛び込んできた。この前倉庫に来たときはなかったので新しく仕入れたのでしょう。

「お母様が好きだった葡萄酒だ」

お父様が毎年必ず結婚記念日に用意していた葡萄酒。自分は呑めないのに、嬉しそうに栓を開けお母様のグラスに注ぐお父様がなんだか滑稽で。温かくって。幸せで。

「……これももらっちゃおう」

懐かしいな、と手に取ると。なぜか私のグラスに葡萄酒を注ぐレオンハルト様が思い浮かんだ。

いやいや、どうしてそうなるのかな。勝手に焦り、赤くなってしまう。

一人あせあせとしていると、ふわりと頬に風を感じた。振り返れば、開いた扉から夕陽が一筋倉庫内に差し込んでいる。誰か来たみたい。

「レオンハルト様？」

返事はなく扉が閉まる。棚が邪魔で誰が入ってきたのか分からない。

「ダグラス様？　料理長？」

私が倉庫に来るのを知っているのはあの場にいたレオンハルト様とダグラス様。それから、クリスティ様とお付きの侍女達と鍵を貸してくれた料理長。

でも入ってきた人物は、返事をすることなく閉まった扉の前で立ち止まる。

私は反射的に後退り、一拍のち慌ててカンテラの火を消した。

倉庫の扉は閉めてしまうと、外から見ただけでは鍵がかかっているかどうかなんて分からない。

でも、今入ってきた人物は、躊躇うことなく扉を開けた。つまり、鍵が掛かっていないことを知っていたということになる。


高い棚の陰になって入ってきた人の姿はまだ見えない。ただ、入り口に置いてあるカンテラの灯りがその黒いシルエットを壁にゆらゆらと映していた。

私は手にしていた葡萄酒とカンテラを、そっと床に置く。そして身を屈め息を潜めながら棚をさらに奥へと向かう。

レオンハルト様達でないとしたら、一体誰が考えられる？

コツコツと床を踏み鳴らす音が聞こえ、その人物は入り口に置いていたカンテラを持って近づいてくる。

棚と壁の間にはわずかな隙間があり、何とか通り抜けられる気がする。私はそっとその隙間に身を滑らせ、灯りが近づくのを待つ。

灯が、私がいた棚の列に入ってくるのと同時に、足音を鳴らさないように棚と壁の間をすり抜け、隣の列へと身を滑らせた。

灯は奥へと進み、途中でピタリと止まる。多分私が床に置いた葡萄酒とカンテラに気づいたのだろう。そして今度は少し早足でさらに奥へと向かって行く。

天井を照らす灯りの動きとは逆に、私は入り口のほうへと向かう。このまま入れ違うようにして外に出て、思いっきり走ればきっと逃げ切れるはず。

葡萄酒泥棒？　いや、葡萄酒を選んでいる様子はない。だとすれば、目的は私？

レオンハルト様と親しくしている私をやっかんで、カレン以外の侍女も何かしようとしている、とか？

でも、それなら複数で来ると思うのよね。一対一なら私だって負けてない。

それに靴音と歩き方から男性の可能性が高い。

ゾッッ

夜に襲われたことを思い出し、全身に鳥肌が立つ。

こんな場所で？　と思わなくもないけれど、可能性はゼロじゃない。

入り口の扉が見える位置まで来て、灯りがまだ奥のほうにあるのを確認する。すっと息を吸い私は勢いよく床を蹴った。

足音が響くけれど、扉はすぐそこ。

タッタッと走りあと数歩で手が届く、というところで、

バタッッ

床に置かれた瓶に躓《つまず》き私は転び倒れた。やばい、と思いすぐに起き上がろうとしたところで、床に私の影が映し出される。

真後ろから灯りに照らされてできた私のシルエットは小さく頼りない。その灯のもと、床に転がった幾つもの葡萄酒が目に入った。暗闇の中、入り口に向かって走ろうとすれば、必ず転ぶように瓶を床に転がしておいたんだ。

「お前がいなければ……!!」

これほどまで憎悪に満ちた声を私は聞いたことがない。

床に蹲ったまま上半身を捻るようにして声のほうを見れば、吊り上げた目を憤怒でギラギラさせた恐ろしい形相がそこにあった。

「……アーロン様、どうして？　捕まって牢にいるはずでは……」

「お前の国は、買収が簡単で助かるよ」

にやり、と口角を上げるアーロン。どうやらお金になびいた看守がいたらしい。

でも、抜け出したのならさっさと城外へ逃げればよいはずと考えていると、アーロンの笑みがさらに深く醜くなった。

「なぜすぐ逃げないのか、と思っているのだろう。俺もそのつもりだったが、偶然お前がこの倉庫に入っていくのを見かけてな」

牢屋があるのはお城の北側。普段この辺りに人が少ないのは、日当たりが悪いだけでなく、牢が近くにあるから。どうやら、タイミング悪く脱獄したアーロンに目撃されたようだ。

その言葉の意味に思い至り、すっと全身から血の気が引く。逃亡するより先に私を追ってここに来たってことは……理由は一つ。

私は座り込んだままずりずりと扉のほうへ近づく。

あと五メートル、とりあえず外に出れば。そして大声を出したら、きっと……。

しかし当然ながらアーロンが私を逃すはずはなく、剣を抜くとその切っ先を向けてきた。

「お前の浅知恵のせいで、俺も俺の一族も祖国で逆賊扱いを受けることは間違いない。何もかもお終《しま》いなんだ。それならお前も道連れにしてやる」

言葉と同時に剣が振り下ろされる。私は這うようにして必死で避けるも、腕をかすめ痛みが走った。

私が避けたことでアーロンがわずかに体勢を崩す。その隙をつき扉に向かい手を伸ばしたが、足元に散らばった瓶に再び躓いてしまう。床に落ちたカンテラの灯が、私の背後で剣を頭上に掲げるアーロンの影を扉に映した。

ダメだ。

もう逃げられない。

――レオンハルト様!!

扉まであと数センチというところで届かない私の手。

それなのに扉は開いた。夕陽が逆光となった中、長身のシルエットが浮かび上がる。

「リディ、大丈夫か!?　アーロン、貴様!!」

レオンハルト様が剣を振るうよりわずかに早く、アーロンの腕が私の首に回され、剣が喉にぴたりと当てられた。そのヒヤリとした感覚に全身が総毛立つ。

「リディを離せ！」

「断る。こいつを助けて欲しければ剣を投げろ」

アーロンは私を強引に立たせると、床に転がった瓶を蹴って逃げ道を作る。

「早くしろ。この娘の首が胴と離れるのを見たいのか？」

「……分かった」

レオンハルト様は剣を倉庫の外に放り投げた。

「下がれ」

その言葉に後ずさると、アーロンは私を引きずるようにして倉庫の外へ。もしかして周りに衛兵がいるのでは、と期待したけれどそこには誰もいなかった。

「レオンハルト様、どうしてここに……」

「偽造宝石の話を聞いた時、アーロンがこの国の宝石商と親しくしていたことを思い出してな。外交官ゆえ面識があっても不自然ではないが、少々気になったので宝石鑑定に立ち会うことにしたんだ。リディのお陰で偽造宝石を扱っていた宝石商を早く見つけることができ助かった」

どうしてレオンハルト様が宝石鑑定の場にいたり、取り調べに立ち会うのか不思議だったけれど、そういうことだったんだ。

「アーロン、取り調べをした商人の一人から、偽造宝石を作ることを勧めたのがお前だと証言が出た。染料を優先して売る代わりに、宝石商から金を受け取っていたそうだな。それで牢に行けば、中はもぬけの殻。獄中でリディへの恨みをずっと口にしていたと聞いて、まさかと思いここに来たんだ。アーロン、偽造宝石への関与の容疑で改めてお前を捕らえる。もう逃げられない、諦めてリディを離せ」

今まで見たことがない鋭い目で、レオンハルト様はアーロンと対峙《たいじ》する。

「断る。この女は俺を破滅に追いやったんだ。生かしておくことはできない。そうだ、それを言うならレオンハルト・エルムドアお前もだ。二人ともここで死んでもらおう!!」

アーロンは剣先をレオンハルト様に向けた。瞳孔の開ききった瞳、歪んだ唇、その顔は常軌を逸している。

このままではレオンハルト様までが危ない。

アーロンの視線がレオンハルト様に向かっているその隙に、髪に手を伸ばす。挿していた髪飾りを外し見れば、コームの先は鋭く尖っていた。

首に回された腕を辿り手の甲の場所を確認すると、髪飾りをありったけの力で突き刺した。

「痛っ!!」

腕がわずかに緩まったその隙をついてレオンハルト様の元へ走る。すぐに体勢を整えたアーロンが私の背後で剣を振りかざす気配を感じるも、それが振り下ろされるより早くレオンハルト様が私の腕をひっぱり背後に庇ってくれた。

「大丈夫か」

「げほっ、はい、これぐらい平気です」

なんとか危機は逃れたものの、剣を持つアーロンに対しこちらは丸腰。

「アーロン、あきらめろ」

「くそっ、若造が!!」

アーロンは醜く顔を歪ませ、切りかかってきた。レオンハルト様は私を後ろへ追いやり、自身は前へと踏み出す。

　振り下ろされた切っ先を最小限の動きで躱すと、すぐさまアーロンの横へ回り込み横っ腹に重い蹴りを入れる。えぐるような蹴りにアーロンがうぐっと呻《うめ》き膝をついた隙に、投げた自分の剣を拾い構え、アーロンと向き合った。

　長身で引き締まった体軀のレオンハルト様は、騎士といっても通るほど。さりとてアーロンも体格ではレオンハルト様に劣らない。ザッと土煙を上げると剣を振り、レオンハルト様に向かって行った。

　力強く振り下ろされた剣をレオンハルト様はその剣身で受け止める。拮抗《きっこう》するふたりの力、わずかレオンハルト様の重心が動いたと思った瞬間、素早く斜め前に踏み込みアーロンの肩先に剣を振り下ろす。しかしアーロンはバックステップでそれを避けた。

　違う、肩に血が滲んでいる。でも致命傷にはほど遠い。

それでもアーロンを焦らせることができたようで。アーロンは強引に間合いを詰めると横なぎに剣を振ってきた。

レオンハルト様は、今度は剣の腹で掬い上げるようにそれを反らすと、そのまま懐に飛び込み、勢いを殺すことなく肘を胸元に食い込ませた。

ごほっと口から唾液を零し蹲ったアーロンの首の後ろに冷たく輝く剣をピタリと当て、冷徹な視線で見下ろす。

「これ以上はやめておけ。実力の差は明らかだ」

アーロンの手を蹴り剣を遠くへ飛ばすと同時に、バタバタとこちらに近づく複数の足音が聞こえ、夕闇の向こうから衛兵が姿を現した。

「こいつを牢に入れ、国王陛下に報告を」

「畏まりました」

衛兵が暴れるアーロンを縄で縛る。その様子を、少し離れた場所から呆然と眺めていると、

「リディ!!」

駆け寄ってきたレオンハルト様にぎゅっと抱きしめられた。

苦しいほどの強い力に、全身の力が抜けていく。

「怪我はないか？」

「腕に少し。でもかすり傷で……ってちょっと待ってください」

レオンハルト様はいきなり私を抱きかかえ歩き始めた。

「血が出ているではないか。救護室に行くぞ」

「そんな、かすり傷ですよ。もうほとんど止まっていますし、そもそも歩けます」

「こんなに震えているのにか？」

そう言われて初めて、自分の身体が小刻みに震えていることに気がついた。

思わずレオンハルト様の胸元をぎゅっと摑む。

「すまない。来るのが遅れたせいで怖い思いをさせた」

「そんな。よく来てくれました。ありがとうございます」

殺される、そう思った時、心に浮かんだのはなぜかレオンハルト様の名前だった。

私を抱きかかえる腕の力が強くなり、知らずその胸に顔をうずめる。

その温かい体温と匂いに。

――私は、心の底から安堵した。

7．子供時代の夢と約束

次の日は、昨日の代わりにと急遽《きゅうきょ》休日となった。

せっかくのその休みを、私は疲れと二日酔いでほとんど寝て過ごす羽目に。

葡萄酒は選んだ二本以外にも、床に転がった物までもらえた。ラベルや瓶に細かい傷が入ったものを王族に出せない、というのがその理由。

合計二十本余りの葡萄酒とともに帰宅した私に、ハンナだけでなくマリアナやコーディンまでが破顔した。もちろん私が無事だったことをまずは喜んだ、はず。きっと。

そのあとは五人で呑み、さらに途中リタイアしたエイダを部屋に送ったあとは、ハンナと二人で朝まで呑んだ。

そうして貴重な休みをベッドで過ごした私は、翌日お城に向かうといつものように朝の給仕に就いた。

朝陽が室内の豪奢な装飾品を照らす中、私の前で、国王陛下、王妃陛下、クリスティ様が朝食を摂られている。いってみれば、家族団欒《だんらん》の光景なのだけれど、緊張しすぎて目眩《めまい》がしそうだ。

国王陛下、王妃陛下の給仕はベテランさんがする。爵位もありお城に直接雇われている方で、私はせいぜい扉の前まで料理を運んだり、ベテランさんに言われて調理場に飲み物やおかわりのパンを取りに行くぐらいだ。それなのに、今日は私がグラスにミルクを注ぎ、パンを取り分けている。

うう、手が震える。

一通り食事を終えられほっとしたのも束の間、国王陛下が私に声をおかけになった。

「リディ、クリスティから話は聞いた。ルイス殿の件や、偽装宝石の発見に尽力してくれたらしいな」

「私は命じられたことをしたまででございます」

頭を下げる私に、国王陛下はうむ、と頷く。

お願いだから、もうそっとしておいて、と心の中で祈る。でもなぜかこういう祈りは届かない。

「それで儂《わし》からも何か褒美をと思い、お前のことを調べたのだが」

その言葉に、全身に鳥肌がゾワっと立った。

「爵位を返上したワグナーの娘だそうだな」

「……はい」

かつて、彼の息子である王太子様の暗殺を謀《はか》ったラングナード辺境伯と親しかったワグナー男爵。

身分を隠していたことを咎められるのだろうか。正規の手続きで雇われていたのだから、罰を受けることはないと思うのだけれど。多分。

「そう緊張するな。儂はワグナー男爵の爵位を再びお前に渡そうと考えている」

「えっ!!　爵位をですか？」

思わぬ言葉に頭を上げ、慌てて再度頭を下げた。

いったい何がどうしてそんな話に、と混乱する私にクリスティ様が言葉をかけてくださる。

「リディ顔をあげて。わたくし、ラングナード辺境伯が起こした事件については、当時子供だったので詳しくは知らなかったの。ですから、昨日エルムドア侯爵に事件に関する資料を用意させ読みましたわ。すると、あなたの父親がワグナー商会を引き継いでからは、ラングナード辺境伯から金銭的な援助を受けていないことが分かったの」

聞いた話では、お祖父《じぃ》様の時代はラングナード辺境伯から資金を借り、その庇護のもと商売を広げていったらしい。

でもお父様の代になると、ラングナード辺境伯から完全に独立し、その上で商会を大きくしていった。それは商才のあったお父様だからこそできたこと。

ただ、世間の目は急には変わらず、ラングナード辺境伯とワグナー商会は蜜月の関係だと思う人が依然として多くいた。中には、ワグナー商会はラングナード辺境伯が立ち上げた商会で、お父様に運営を任せているだけだと思っている人まで。

お父様もそんな話、否定すればよかったのにあえて聞き流していた。それはラングナード辺境伯の後ろ盾があると勘違いさせたままのほうが、交渉が有利に進むことがあったからで。まさか、その噂に足元を掬われるなんて思ってもいなかったでしょう。

「あの時は息子の命が狙われたので、儂も過剰に反応したし、国民もそうであった。ワグナー商会が風評被害を受け廃業したのは、誠に遺憾なことだと思っている」

眉を下げ肩を落とす姿は国王というよりも、一人の父親に見えた。

「ルイス殿暗殺事件を防いだことは、今後の外交関係をより友好で有利なものとする。また、偽造宝石の流通を阻止したことは、市場の安定と信頼に繋がる。この功績は実に大きい。そこで、そなたに叙爵することにした」

突然の話の内容は、私の理解を超えていて他人事《ひとごと》のように耳を通り抜ける。

そんな私に向かって、国王陛下ははっきりと告げられたのだ。

「リディアンナ・ワグナーをワグナー男爵の女主《おんなあるじ》とする。正式な書類はすでにエルムドア侯爵に渡しているので受け取ってくれ」

私が女男爵……。

しかも、なぜレオンハルト様に書類を？

真っ白な頭で口をハクハクする私を、高貴な六個の瞳がじっと見てくる。

えーと、多分これは、私が何か言うのを待っていらっしゃるご様子。

「……ありがとうございます。王族の方々を支え、男爵としての役目を果たすよう尽力いたします」

正式な文言なんて知らない。精一杯頭を捻り絞り出した私の言葉は間違っていなかったようで、国王陛下が大きく頷き、王妃陛下が微笑まれ、クリスティ様が拍手を送ってくださった。

そのあとのことは覚えていない。

ふらふらしながら気づけばレオンハルト様の執務室の前にいた。

ちょっと今混乱中だ。

よく見知った扉をノックし執務室に入れば、中にいたのはレオンハルト様だけ。

窓が開いていて、朝の爽やかな風が頬を撫でた。

「レオンハルト様、先ほど国王陛下からワグナーの爵位を拝命致しました」

「あぁ、聞いている、これが書類だ。あとはサインをすればよい」

レオンハルト様の字でほとんど記入された書類を手渡される。おいおい、勝手に書いたのか、と突っ込みながら目を通すと、大変よくできた書類だった。ちょっとドヤ顔のレオンハルト様にペコリと頭を下げる。

あとは私の名前を書くだけ。でも、
爵位をもらえば、男爵としての税を納めなければいけない。

納められなければ爵位を返上しなくてはいけないわけで。

……拝命してもね〜。

来年には返上しなきゃいけないでしょう。

そんな大金、派遣侍女に払えないもの。

意味あるのか？　この遣り取り。

書類仕事増やすだけだぞ。

かといってサインをしないわけにもいかず、受け取りさっと名前を書く。数年ぶりに書いた私の本当の名前だ。

はい、と渡したそれをレオンハルト様は大事そうに封筒にしまい、積み重ねられた書類の一番上に置いた。

それを横目に、気になっていた一昨日の顚末《てんまつ》を聞くと、意外なほどあっさりと教えてくれた。

「偽造宝石について、宝石商達の取り調べは順調に進んでいる。しかしアーロンに至ってはのらりくらりと人を食ったような話し方をするばかりだ」

「ルイス様の件については、なんと言っているのですか？」

「そちらはだんまりを決め込んでいる。あれは時間がかかりそうだ」

「王太子様達は、今朝帰国されたのですよね」

「ああ、本来ならアーロンも連れ帰るところだが、宝石の偽造に関する証言が取れてからローンバッド国に送還されることとなった」

ローンバッド国が宝石偽造の捜査に協力してくれるのは、謝罪と誠意の意味があるらしい。

となると気になるのは、これからあの染料の取り扱いがどうなるかだ。

染料自体は決して悪いものではない。私だって昔っから使って助けられているし、要は使い方、使う側の問題で、手に入らなくなるのはとても困る。

「もうあの染料が、輸入されることはないのでしょうか？」

「それについてだが、クリスティ様が染料の取り扱いをエルムドア侯爵家に一任してくださった。しかし、わが侯爵家には商売の経験者がいない。そこでだ、それをリディに任せたいと思う」

「私に、ですか？」

「あぁ、ワグナー商会を再開させる気はないか？」

私は今日、二度目となる想像もしなかった言葉に唖然とした。

言われた言葉を脳内で何度か繰り返し、改めて口に出す。

「ワグナー商会の再開、ですか？」

「そうだ。再開したい、と言っていただろう」

大きく頷くレオンハルト様。確かそんな話をしたこともあるし、私の夢でもある。

でも、それが突然現実となって目の前に現れると、嬉しいより戸惑いのほうが大きい。

自力でコツコツ積み上げた先にあると思っていたのに、結果だけが突然手渡されたこの状況は、正直不安しかない。

「俺はリディの審美眼に一目置いている。もし、リディがワグナー商会を再開するならエルムドア侯爵家が後ろ盾となろう。商売を軌道に乗せるまでに必要な金は出す」

商売を始めてすぐは資金繰りに行き詰まることも多いし、お客様がつくまで収入は安定しない。

軌道に乗せるまでが大変なのだけれど、それをレオンハルト様が支えると仰ってくれた。

こんなよい話、これから先、絶対ないと思う。

でも、本当にできるのかな？

今の私にそれだけの能力がある？

お金は借りられるとしても、人脈を作るのは私だ。

いつかはと夢見ていたけれど、いざ、実現するとなると商売の難しさを知っているだけに急に弱気が頭をもたげる。

私の戸惑いを感じとったのか、レオンハルト様の口調が強くなった。

「ワグナー商会を再開させたいんだろ？　俺を踏み台にする覚悟と気概がお前にあるか？」

……迷う背中をドンと押された気がした。

見上げたそこにあるのは、氷晶の貴公子と呼ばれた冷たい表情でも、悪魔の微笑みでもない。まるで私を試すかのような鋭い視線だった。

侍女とか、男爵とか、女とか関係なく、一人の人間としてやり遂げる覚悟があるか。

――淡いブルーの瞳はそう問いかけている。

今までこんな視線を誰かに向けられたことがあっただろうか。

身分や性別、それだけじゃなく髪の色や瞳の色。

そんなものを全て取っ払い、見つめてくる瞳に映っているのは、リディアンナ・ワグナーという人間。まっすぐに私の本質を見抜こうとするその目から視線を逸らすことなんてできない。

これだけお膳立てされた状況で頷く度胸がなきゃ、商会を率いるなんて一生できないでしょう。

私は覚悟を決め、拳をぎゅっと握る。

「分かりました、レオンハルト様。私、ワグナー商会を再開します！」

私の返事にレオンハルト様は、唇の端を上げながら大きく頷いた。そして、私の頭に優しく手を置く。

「よく言った、それでこそリディだ」

その言葉に、両親の姿が重なる。レオンハルト様とお父様は全然似ていないのに、私の髪を撫でる手の大きさと温かさは同じだと思った。

ちょっと涙ぐみそうになったところで、ふと冷静になる。

……なんだか話ができすぎていない？

ワグナー男爵を叙爵しても、商会がなければ男爵としての税を納めるのは不可能。

そこに降って湧いたワグナー商会再開の話とエルムドア侯爵の後ろ盾。さらには染料の専売権。

「……これってもしかして、全てお膳立てされていたのではないですか？」

「うん？　何のことだ」

レオンハルト様がにやりと口角を上げる。

やっぱり。その悪魔の微笑は私の想像を裏付けるものだ。

うー、やられた！

と思わなくはないけれど、全ては私を思ってくれてのこと。

それに最終的にやると決めたのは私なのだから、あとは頑張るのみだ。

「では、レオンハルト様。これからは雇用主としてだけでなくワグナー商会の後ろ盾としても宜しくお願いいたします。数年以内に商会を軌道に乗せ、お借りしたお金は必ずお返しします」

「分かった。ではその件についても書類を交わそう。そのほうがリディとしても気が楽だろう？」

「はい」

さあ、これから忙しくなるぞ、と意気込む私をレオンハルト様がまだ何か言いたげに見てくる。

「まだ、何かあるのですか？」

「ああ俺にとってはこれからが本題だ」

レオンハルト様は執務机の引き出しを開けると、そこから一枚の書類を取り出し私に手渡す。なんだろう、と首を傾げ受け取った私は、今回ばかりは言葉を失うことなく即座に叫んだ。

「レ、レオンハルト様……こ、これはいったいなんでしょうか？」

「何って婚約の書類だ。俺とお前の」

信じられないとばかりにレオンハルト様に突き返した書類は、あっけなく手で押し返された。書類が作られたのは十四年前、私が七歳の頃。

この国では、婚約は書類を提出することによって成立する。貴族間の婚約は利害が絡んだものが殆どだから、正式な手続きを踏む必要があるのだ。

そこにはレオンハルト・バーナーと、リディアンナ・ワグナーの名前があり、その下にはレオンハルト・バーナーがエルムドア侯爵の養子になったことも記載されている。さらに、養子に入った後も婚約は継続されるという追記まで。

「でも、私は平民になっています。ですから婚約は白紙となったはずでは？」

「正確には『白紙』ではなく『無効』だ。今回、再び爵位が与えられリディアンナ・ワグナーとなったことで、婚約が復活した。つまり俺たちの婚約は『有効』に戻ったのだ」

え？　そういうものなの？

なんか腑《ふ》に落ちないんですけど。

私が眉を顰めるのを見て、レオンハルト様はさらに詳しく教えてくれた。

どうやら今回のことはかなり異例のことらしく、解釈はいろいろあったようで。

で、どうすべきか揉めたらしいのだけれど、私もレオンハルト様も独身かつ、新しい婚約者がいないことからこのような結論に至ったらしい。

「そんな本人の意思も確認せず、勝手に『有効』にされても、レオンハルト様もご迷惑ですよね。あっ、でも婚約解消しちゃうという手があります」

婚約解消には両家の当主の許可が必要だけれども、エルムドア侯爵家も、ワグナー男爵家も当主は婚約者本人。これはあっさり手続きできるのでは？

そう思って提案したのにレオンハルト様は渋い顔で眉間を揉む。

「何のために、日頃の貸しを返せと、各部署に掛け合ったと思っているのだ」

うん？　掛け合った？

どうして？　それではまるで婚約継続がレオンハルト様の意思のように聞こえるのですが。

小首を傾げる私に、ほとほと残念だという視線を向けると、何を思ったのかレオンハルト様は突如跪き、私の左手を掬いあげた。

「レ、レオンハルト様？」

「リディ、俺は婚約を解消したくない。結婚して俺の妻となってくれないか」

その言葉はあまりに唐突で、私は何度も何度も反芻《はんすう》する。

それでも理解できなくて跪くレオンハルト様を見下ろせば、熱の籠った淡いブルーの瞳が私を見上げていた。

「……でも、あの婚約はいわば私の気まぐれで決まったことですし、あの頃と今では状況がまったく違います」

「そうだな、俺達をとりまく環境は随分と変わった。でも、俺の気持ちはあの頃から変わっていない。ずっと好きだった。ワグナー男爵家が爵位を返上したと聞いてから、ずっとリディを捜していた。忘れた日なんて一日もない」

レオンハルト様が私を思ってくれていた。そんなこと信じられないという気持ちが湧いてくるけれど、真剣な瞳を見ればそれが本心であることが分かる。

「会えない婚約者をいつまでも思い続けるなんて、怖いと言われても仕方がないが」

自嘲的な笑みに、私は首を振る。そんなこと思っていない。

私が忘れていた思い出を大事にしてくれ、好きでいてくれた。

「嬉しいです」

ポロリと零れ落ちた言葉に、レオンハルト様の切れ長の瞳が大きく開かれる。次いで嬉しそうに目を細められた。初めて見た幸せそうな笑顔に私は焦ってしまう。

「で、でも。突然そんなこと言われましても、正直混乱しています。だって、私は、その。婚約者がいたことすらうろ覚えで……」

「分かっている。だからすぐに返事をもらえるなんて思っていない」

レオンハルト様は立ち上がると、ポケットから何かを取り出し私の手のひらに置いた。

見る角度によって濃淡を変える、レオンハルト様の瞳と同じ色の宝石がそこにある。

「これは、パライバ・トルマリン！」

「瞳の色と同じ色の宝石で求婚して欲しい、と言ったのはリディだろう？」

して欲しい、とは言ってないと思うのですが。

そんなこと言える空気ではないので、そこは呑み込んでおく。

「まだ返事はしなくてよい。でも、この国では一度婚約解消した者は、再び婚約することはできない。だから、今は結論を出さずに少し俺に時間をくれないか？　それまでその宝石は持っていて欲しい。もちろん婚約を解消されたからといって、ワグナー商会の後ろ盾をやめるつもりはない」

レオンハルト様の手が私の頬に触れ、そっと上を向かされる。

「リディが男爵家を復興させ、俺の後ろ盾を必要とせず一人で立てるようになった時、何のしがらみもない状態で俺を選んで欲しい。それまでは待つと決めている」

誠実な言葉。そう、レオンハルト様はいつもまっすぐに私と向き合ってくれた。

この人はきっと、私の髪の色や瞳の色なんてどうでもよいんだろうな。

今も愛おしそうに私の黒髪に触れている。

それがとてもうれしかった。

「分かりました」

「!!　いいのか？」

婚約解消しない、と答えただけなのにレオンハルト様はとても嬉しそう。

あぁ、この笑顔、私知っている。無邪気なその顔は記憶の中のレオと同じだった。

好きか嫌いかで言えば好きだけれど、多分その好きはレオンハルト様が求めているものとは違う。

そして、この気持ちがこの先どう変わるのか、私にも分からない。

それが自分でもちょっと楽しみだったりする。

「良かった。とはいえ、対外的には好きでもない男の婚約者を演じてもらうこともあるだろうが」

「大丈夫です。私、レオンハルト様、好きですよ」

私の言葉に、レオンハルト様が目をパチリとし、次いで頬を紅潮させていく。

まずい！　ついうっかり誤解をさせるような言い方をしてしまった。

「子供の時と同じように好きだという意味です。だから婚約者を演じるぐらい平気です」

「…………子供の時と」

「はい！　同じように!!」

にこりと笑う私に、レオンハルト様はとても複雑な顔をした。

「……分かった。そうだな、時間は必要だ。それなら、とりあえずあの頃と同じように接してもよいか？」

「はい、そうですね。まずはそこから……」

「婚約者だしな」

「はい？」

なんだ？　急に肌がチリチリとして危険信号を発しているぞ。

だって私を覗き込むその顔は、翻訳を手伝えと言った時と同じ悪魔の微笑みなんだもの。

えっ？　と思ったその時には、私はレオンハルト様の腕の中にいた。

「レオンハルト様？　あの……」

「子供の頃もこうした」

「それはそうですが」

抱きしめられるのは初めてではない。

でも、レオンハルト様の思いを知ったうえでこうされるのは、今までとちょっと意味が違ってくる。

回された腕の優しさ、厚い胸の鼓動、包み込むぬくもりが私に向けられる特別な思いを代弁しているようで頬が熱くなる。

これは限界！　と恥ずかしくって身を捩《よじ》るけれど逞しい腕は逃してくれない。

「リディ」

甘い声と一緒に額に口づけが落とされる。柔らかく温かい感触にくらくらと眩暈《めまい》がした。

「レ、レオンハルト様、多分、子供の時にこういうことはしていないかと」

「リディは何でも忘れているんだな。でも、大丈夫だ。俺は覚えている」

だから、その記憶に問題が、と言いかけた時。

開いた窓から強い風が入って、レオンハルト様の机の書類を巻き上げた。

「離してください！　書類が!!」

「嫌だ」

腕から逃れようとしたのに、さらに力を込めて抱きしめられる。

「俺は待つとは言ったが、品行方正に待つつもりはないぞ？　必ず俺の妻になりたいと思わせるから覚悟しておけ」

そう言うと、今度は私の右頬に口づけが落とされた。

「〜〜〜!!　これは絶対、記憶にありません!!」

「忘れているだけだ」

「記憶、捏造《ねつぞう》していますよね？」

降り注ぐ書類の中、真っ赤になった私を愛おしそうに抱きしめるレオンハルト様の鼓動も、私と同じくらい速かった。

あとがき

『派遣侍女リディは平穏な職場で働きたい　没落した元令嬢、ワケあって侯爵様に直接雇用されましたが、溺愛は契約外です！』をお手に取っていただきありがとうございます。作者の琴乃葉《ことのは》です。

　この作品は、魔法のｉらんど大賞２０２２小説大賞　恋愛ファンタジー部門で〈特別賞〉をいただきました。

　まさか受賞するとは思わず、そこから先は驚きの連続でした。

　地に足をつけ自分の力で生きる女性を書きたい、その思いからこの物語を作りました。

　主人公は「地味で目立たずほどほどに手を抜く」をモットーにしたちょっと抜けているところがあるリディ。凄《すご》い才能があるのに本人はほぼ無自覚です。

　ヒーロー役のレオンハルトは、クールなのに初恋をこじらせ可愛《かわい》いリディにべた惚《ぼ》れ。

　推理小説が好きなので、その要素も加えながら二人のじれったい恋愛模様を書いたのですが、本当にスローペースになってしまいました。最後の最後でやっと思いを伝えたものの、二人の関係はこれからです。頑張れ、レオンハルト。

　リディが明るいキャラクターなので、テンション高めに書き進めましたが、特にハンナとエイダ、リディの三人の女子会は書いていて楽しかったです。

ワイワイ、ガヤガヤと女子会ならではの空気が伝わっていれば嬉《うれ》しい。

思えば、やけにお酒を呑《の》んでいたなぁ、と思わなくもないですが、お酒に強いヒロインが好きなんです。自分が呑めないからでしょうか。

最後になりましたが、イラストレーターの朝《あさ》日《ひ》川《かわ》様、素敵なイラストをありがとうございます。

黒髪の侍女が主人公で華やかさが少なくてすみません、と思っていたのですが、ワインレッドのお仕着せを描いていただけるなんて。特にヘッドアクセサリーが可愛いです。

背景に作中に出てくる小物が描かれていて、二人のきっかけとなる窓と舞い散った書類が印象的でした。

担当編集者様、改稿含め大変お世話になりました。ＷＥＢ版とはまた違った作品に仕上げることができました。ありがとうございます。

その他、制作に関わってくださった皆様、最後まで読んでくださった読者様、本当にありがとうございます。

また、いつかお会いできることを願って。

琴乃葉

電撃の新文芸

派遣《はけん》侍女《じじょ》リディは平穏《へいおん》な職場《しょくば》で働《はたら》きたい

没落《ぼつらく》した元《もと》令嬢《れいじょう》、ワケあって侯爵様《こうしゃくさま》に直接《ちょくせつ》雇用《こよう》されましたが、溺愛《できあい》は契約外《けいやくがい》です!

著者／琴乃葉《ことのは》

イラスト／朝日川日和《あさひかわひより》

2024年1月17日　初版発行

発行者／山下直久
発行／株式会社ＫＡＤＯＫＡＷＡ
〒102-8177　東京都千代田区富士見2-13-3
0570-002-301（ナビダイヤル）
印刷／図書印刷株式会社
製本／図書印刷株式会社

【初出】……………………………………………………………………………………
本書は、2022年に魔法のiらんどで実施された「魔法のiらんど大賞2022小説大賞」で恋愛ファンタジー部門《特別賞》を受賞した『派遣侍女リディの平穏とは程遠い日々 ～周りは愛されているって言うけれど、気のせいだと思います～』を加筆・修正したものです。

ISBN978-4-04-915368-2　C0093　Printed in Japan

ファンレターあて先
〒102-8177
東京都千代田区富士見2-13-3
電撃の新文芸編集部

「琴乃葉先生」係
「朝日川日和先生」係

無能才女は悪女になりたい

～義妹の身代わりで嫁いだ令嬢、公爵様の溺愛に気づかない～

著／一分咲
イラスト／藤村ゆかこ

「これは契約結婚だ」
「はいありがとうございます！」
「……は？」

類まれな能力を持ちながら、家族に“無能”と虐げられて育った令嬢・エイヴリル。素行の悪い義妹の身代わりに『好色家の老いぼれ公爵様』のもとへ嫁ぐことになるが、実際の公爵・ディランは、噂とは真逆の美しい青年だった。彼が望む「悪女を妻に迎え、三年後に離縁する契約」は、エイヴリルにとって未来の自由を意味する絶好の条件。張り切って“悪女”を演じる不思議な“才女”に、周囲は困惑しつつも次第に惹かれていく――